Ce livre appartient à

....

Trésors classiques

CONTES DE NOËL

Tig Thomas

Piccolia

5, rue d'Alembert
91240 Saint-Michel-sur-Orge
Dépôt légal : 4e trimestre 2015
Loi n°49-956 du 16 juillet 1949
sur les publications destinées à la jeunesse.
Imprimé en Chine.

Remerciements aux artistes qui ont contribué à l'élaboration de ce titre :
Couverture :
Central image : Helen Rowe
Autres éléments : Alice Brisland at The Bright Agency, LenLis/Shutterstock.com,
kusuriuri/Shutterstock.com, Lana L/Shutterstock.com, Markovka/Shutterstock.com
Pages intérieures :
Advocate Art : Tamsin Hinrichsen, Natalia Moore
The Bright Agency : Charlotte Cooke
Pickled Ink : Rachel Cloyne
Plum Pudding Illustration Agency : Florencia Denis,
Simona Sanfilippo, Antonia Woodward

Imprimé sur du papier issu de forêts gérées durablement.

SOMMAIRE

À PROPOS DES AUTEURS . . 8
À PROPOS DES ARTISTES . 12

BIENTÔT NOËL

La Naissance de Jésus 16
Le Premier Sapin de Noël 26
Les Lutins et le Cordonnier 34
Une Étoile de Noël 41
Une Robe pour Noël 51
La Coupe du sapin de Noël 62
La Nuit du petit Roger dans l'église 72
J'ai vu trois navires 82

DES MOMENTS MAGIQUES

Le Casse-noisette et le Roi des souris 86

Noël tous les jours 99

Le Noël de Jimmy l'épouvantail 111

Comment Jeannot Grillon aperçut le Père Noël 122

Les Assistants du Père Noël 133

Le Sourire d'André Chiffon 143

Petit Papa Noël 154

FÉERIE HIVERNALE

Noël sous la neige 160

Le Bonhomme de neige de Petit Jimmy ... 171

L'Aventure du sapin de Noël 183

Des Anges dans la neige 194

Le Sapin de Noël des castors 204

Le Bois sauvage en hiver 212

Vive le vent 225

CADEAUX ET FESTIVITÉS

Le Noël de Cathy et Clover 230
La Fête de Noël 241
Le Noël de Bessie et Clara 252
Les Lettres de remerciement 62
Le Matin de Noël 272
Le Noël des Joseph 279
L'Oie de Noël des Cratchit 290
Le Pudding aux figues 302

BONNE VOLONTÉ ET GÉNÉROSITÉ

Les Premières Chaussettes de Noël 306
La Petite Fille aux allumettes 314
Le Petit Déjeuner de Noël
des quatre filles du docteur March 322
Le Panier de Noël de tante Cyrilla 333
Le Coucou de Noël 346
Monsieur Chien joue les Pères Noël 357
Le Noël de Monsieur Scrooge 367
Les Douze Jours de Noël 377

À PROPOS DES AUTEURS

Louisa May Alcott

1832-1888

Les Quatre Filles du docteur March est le livre le plus célèbre de Louisa May Alcott : elle commença à l'écrire dans l'espoir de régler une partie des dettes de sa famille. Elle y raconte des anecdotes de sa propre enfance avec ses sœurs May, Elizabeth et Anna. Ce livre fut un énorme succès et Louisa devint célèbre – ce dont elle se serait bien passée !

Hans Christian Andersen

1805-1875

Né au Danemark, Andersen fut apprenti chez un tisserand et un tailleur avant d'exercer la profession d'acteur et de chanteur à Copenhague. En parallèle, il écrivit des poèmes et des histoires, notamment des contes pour enfants qui le rendirent célèbre dans le monde entier. Ces contes ont été traduits dans plus de 150 langues et ont inspiré des films, des pièces de théâtre et des ballets.

À propos des auteurs

Lyman Frank Baum

1856-1919

Lyman Frank Baum est né à New York, aux États-Unis. Il détestait son prénom et préférait se faire appeler Frank. Il est surtout connu pour avoir écrit *Le Magicien d'Oz*. Il écrivit ensuite 13 livres se déroulant dans le pays magique d'Oz, ainsi que des nouvelles, des poèmes et des scénarios.

Charles Dickens

1812-1870

Alors que Dickens n'avait que dix ans, son père fut emprisonné pour dettes et le jeune garçon dut aller travailler à l'usine : sa mission consistait à coller des étiquettes sur des bouteilles de colle. Cette expérience précoce contribua à faire de lui un réformateur social passionné, qui utilisait ses romans extrêmement populaires pour exposer les conditions terribles dans lesquelles vivaient les pauvres de l'époque.

À propos des auteurs

Kenneth Grahame
1859-1932

Kenneth Grahame est né à Édimbourg, en Écosse. Sa mère mourut quand il avait cinq ans : avec ses frères et sœurs, il fut donc élevé par sa grand-mère. Comme il n'avait pas les moyens d'aller à l'Université, Grahame accepta un poste à la Banque d'Angleterre. C'est dans ses lettres à son fils qu'il commença à imaginer les personnages de son futur roman *LeVent dans les saules*, un livre qui est encore aujourd'hui l'un des livres pour enfants les plus populaires.

Johnny Gruelle
1880-1938

L'écrivain et illustrateur Johnny Gruelle imagina le personnage d'André Chiffon quand sa fille Marcella trouva une vieille poupée de chiffon dans le grenier. Comme cette poupée n'avait plus de visage, il lui en peignit un nouveau, et Marcella s'amusa tellement avec que son père décida de coucher par écrit les aventures de cette poupée, en se disant que cela pourrait intéresser d'autres enfants...

À propos des auteurs

Lucy Maud Montgomery
1874-1942

L. M. Montgomery perdit sa mère alors qu'elle n'avait que deux ans, et partit vivre chez ses grands-parents sur L'Île-du-Prince-Édouard, au Canada. Son personnage le plus connu, Anne Shirley, était probablement d'inspiration autobiographique.

Clement Clarke Moore
1779-1863

Professeur de catéchisme de son état, Clement Clarke Moore fut plutôt embarrassé quand il devint célèbre pour avoir écrit le poème que l'on appelle en général *La Nuit avant Noël* (bien que son nom exact soit *Une visite de Saint-Nicolas*). Ce poème est considéré comme le plus célèbre jamais écrit par un Américain.

À PROPOS DES ARTISTES

Rachel Cloyne dessine depuis aussi longtemps qu'elle s'en souvienne. Son diplôme d'illustration de l'Université de Brighton et les livres qu'elle a autopubliés l'ont amenée à travailler sur des couvertures de livres, des livres d'images et des livres animés. Rachel combine encrage et infographie pour créer des images complexes et détaillées.

Frises décoratives

Charlotte Cooke est passionnée de dessin depuis son enfance. Elle aime imaginer des aventures et les voir s'animer dans ses illustrations. Charlotte vit sur le bord de mer avec son mari et ses deux enfants.

La Coupe du sapin de Noël • Le Noël de Jimmy l'épouvantail • Le Bonhomme de neige de Petit Jimmy • La Fête de Noël • Le Noël des Joseph • Le Petit Déjeuner de Noël des quatre filles du docteur March

Florencia Denis se lança dans l'illustration de livres pour enfants quand elle commença à lire des contes à ses propres enfants. Elle a été publiée en Argentine et au Royaume-Uni. Pour travailler, Florencia n'a besoin que d'aquarelle, de crayons, d'encre et de musique...

Une Robe pour Noël • Noël tous les jours • Noël sous la neige • Le Noël de Bessie et Clara • Les Premières Chaussettes de Noël • Le Coucou de Noël

Tamsin Hinrichsen illustre des livres pour enfants depuis son studio situé à Cape Town, en Afrique du Sud. Elle travaille sur du papier, à l'acrylique, et elle aime particulièrement illustrer les contes et les histoires avec des animaux.

La Naissance de Jésus

À propos des artistes

Natalia Moore est un professeur d'art qualifié et une illustratrice indépendante. Elle travaille sur des supports mixtes et utilise son ordinateur pour apporter la touche finale. Natalia aime dessiner d'après nature et ne sort jamais sans son carnet de croquis.

Le Premier Sapin de Noël • La Nuit du petit Roger dans l'église • Comment Jeannot Grillon aperçut le Père Noël • Des Anges dans la neige • Le Noël de Cathy et Clover • L'Oie de Noël des Cratchit • Le Panier de Noël de tante Cyrilla

Helen Rowe a étudié la céramique à l'université et travaillé comme conceptrice en art et industrie céramique avant de devenir illustratrice de livres pour enfants. Elle travaille sur plusieurs supports avant de les combiner dans un collage numérique.

Couverture

Simona Sanfilippo aime travailler sur des illustrations pleines de couleurs et d'émotions. Après avoir étudié l'art de l'illustration à l'Institut Européen de Design de Turin, elle prit la décision de se consacrer aux livres pour enfants.

Les Lutins et le Cordonnier • Le Casse-noisette et le Roi des souris • Le Sourire d'André Chiffon • Le Sapin de Noël des castors • Les Lettres de remerciement • La Petite Fille aux allumettes • Le Noël de Monsieur Scrooge

Antonia Woodward allie différentes techniques (peinture, crayons et collage) pour créer ses illustrations tendres et colorées.

Une Étoile de Noël • Les Assistants du Père Noël • L'Aventure du sapin de Noël • Le Bois sauvage en hiver • Le Matin de Noël • Monsieur Chien joue les Pères Noël

La Naissance de Jésus 16

Le Premier Sapin de Noël 26

Les Lutins et le Cordonnier 34

Une Étoile de Noël 41

BIENTÔT NOËL

Une Robe pour Noël 51

La Coupe du sapin de Noël 62

La Nuit du petit Roger dans l'église 72

J'ai vu trois navires 82

La Naissance de Jésus

Auteur anonyme

Noël est traditionnellement le moment où les chrétiens célèbrent la naissance de Jésus, celui qu'ils considèrent comme le fils de Dieu. Voici le récit de cet événement.

Une jeune femme appelée Marie vivait à Nazareth, une ville située dans les collines de Galilée. Elle était sur le point de se marier à un charpentier appelé Joseph, qui, comme elle, vivait à Nazareth. Un jour, Dieu envoya l'ange Gabriel à Marie avec un message.

Quand Marie vit et entendit l'ange, elle eut un peu peur, mais Gabriel lui dit qu'il avait de bonnes nouvelles pour elle. Il lui dit que le Fils de Dieu allait faire son apparition dans le monde très bientôt, et que c'était elle, Marie, qui allait lui donner naissance. Gabriel ajouta ensuite que cet enfant devait être appelé Jésus.

À peu près à cette époque, César Auguste (le grand empereur de Rome) ordonna à Hérode (celui qu'il avait choisi pour être roi de Judée, la Palestine actuelle) de faire un recensement de tous les Juifs. Le nom de chacun d'entre eux devait être consigné par écrit, ainsi que leur âge et beaucoup d'autres choses à leur sujet. Tous les vingt ans, Auguste organisait un recensement, afin de calculer le montant de la taxe que les Juifs devaient lui verser et de déterminer le nombre de soldats qu'ils étaient censés lui envoyer.

BIENTÔT NOËL

Au moment du recensement, les Juifs ne devaient pas se faire enregistrer à l'endroit où ils vivaient, mais dans leur ville d'origine, là où les pères de leurs pères vivaient il y a bien longtemps. Et Joseph et Marie appartenaient à la famille du grand roi David, qui était né à Bethléem. Alors, Marie dut se préparer pour un long voyage, et elle se mit en route pour Bethléem avec son mari.

Elle chevauchait un âne que Joseph menait avec soin sur

les routes cahoteuses. La ville de Bethléem est située au sommet d'une colline : pour y accéder, il faut gravir une pente escarpée. Lorsque Joseph et Marie arrivèrent à Bethléem, Marie était très fatiguée, alors Joseph chercha une auberge dans laquelle ils pourraient passer la nuit. Il y avait beaucoup d'auberges à Bethléem, mais toutes leurs chambres étaient occupées. Après leur si long voyage, Marie et Joseph étaient épuisés.

Finalement, un aubergiste leur dit qu'il n'avait pas de chambre pour eux, mais que, s'ils le souhaitaient, ils pouvaient dormir dans l'étable avec les animaux. Alors, Marie et Joseph s'installèrent dans l'étable pour la nuit, et c'est là que naquit Jésus. Marie l'enveloppa de langes et elle le déposa dans une mangeoire.

Les bergers amenaient souvent leurs troupeaux paître sur la colline de Bethléem.

BIENTÔT NOËL

Il y avait des animaux sauvages en Palestine, et toute la nuit les bergers de Bethléem surveillaient leurs moutons pour s'assurer qu'il ne leur arrive rien.

Cette nuit-là, un ange du Seigneur leur apparut, et ils furent soudain baignés par une lumière éclatante.

Les bergers étaient terrifiés.

« N'ayez pas peur, dit l'ange. Je suis venu vous annoncer d'excellentes nouvelles. Un roi est né cette nuit dans la ville de David. Vous trouverez le bébé enveloppé dans des langes et couché dans une mangeoire. »

Le ciel s'illumina alors d'une lumière merveilleuse, et les anges se mirent à chanter : « Gloire à Dieu au plus haut des cieux, et Paix sur la terre aux hommes de bonne volonté. »

Lorsque la lumière disparut, le chant se termina et les anges repartirent dans le ciel. Les bergers gravirent alors la colline pour se rendre à Bethléem. Et là, dans l'étable près de l'auberge, ils trouvèrent Marie et Joseph, et le bébé couché dans la mangeoire, comme les anges le leur avaient dit.

Mais Jésus eut d'autres visiteurs. Très loin sur la rive orientale du Jourdain, il y avait des pays dont les habitants passaient beaucoup de temps à observer très attentivement le Soleil, la Lune et les étoiles. Quand ils voyaient quelque chose de nouveau et d'étrange dans les cieux, ils pensaient que cela signifiait qu'il allait se passer quelque chose de merveilleux sur Terre.

Un jour, ces sages virent une étoile brillante qu'ils n'avaient jamais remarquée auparavant. Ils déduisirent de cette apparition qu'un grand roi des Juifs venait de naître en Judée, une personne qu'ils appelèrent le Christ. Alors, ils préparèrent des cadeaux somptueux, avec des objets en or et des parfums délicats, puis ils montèrent sur leur chameau et se mirent en route.

Ils voyagèrent pendant des semaines pour rejoindre Jérusalem. Quand ils atteignirent la ville, ils dirent :

« Où est le roi des Juifs qui vient de naître ? Car nous avons vu son étoile en Orient, et nous sommes venus pour l'adorer. »

Mais quand Hérode, le souverain de la région, entendit parler ces sages, il en fut très troublé. Il ne voulait pas d'un autre roi qui pourrait un jour le défier. Alors, il fit venir les prêtres les plus compétents et d'autres hommes réputés pour leur intelligence, et il leur demanda où était né le Christ.

Les sages répondirent :

« À Bethléem, en Judée. »

Ils l'avaient lu dans la Bible. Alors, Hérode dit aux sages :

« Partez à la recherche de ce jeune enfant, et quand vous l'aurez trouvé, revenez me dire où il est pour que je puisse lui présenter mes hommages moi aussi. »

Mais en réalité, il avait l'intention de tuer Jésus…

Les sages n'en savaient rien : ils acceptèrent donc la mission et se rendirent à Bethléem.

Ils suivirent l'étoile brillante, jusqu'à ce qu'elle s'arrête juste au-dessus de l'endroit où se trouvait l'enfant Jésus.

Quand ils arrivèrent devant l'étable, ils trouvèrent le bébé avec Marie, sa mère. Ils s'agenouillèrent devant lui, comme devant un grand roi, et lui remirent leurs cadeaux : de l'or, de l'encens et de la myrrhe. Mais les sages n'osèrent pas retourner auprès d'Hérode, car Dieu les avait prévenus de ses véritables intentions dans un rêve. Alors, ils rentrèrent chez eux en empruntant une autre route.

Mais Jésus courait toujours le risque d'être

découvert par Hérode. Alors, après le départ des sages, l'ange de Dieu apparut à Joseph pendant son sommeil et lui dit :

« Prends le bébé et sa mère et fuis en Égypte, car Hérode ne cessera de traquer cet enfant pour le tuer. »

Joseph se leva immédiatement : il réveilla Jésus et Marie et les installa sur son âne. Ils quittèrent Bethléem en catimini et partirent s'installer en Égypte, enfin en sécurité.

Le Premier Sapin de Noël

Un extrait du livre *La Vie et les aventures du Père Noël*
de L. Frank Baum

Ce texte est tiré d'un livre qui explique que le Père Noël vit dans un endroit appelé la Vallée des rires, dont il ne sort qu'un jour par an pour apporter de la joie aux enfants.

Pas une fois le Père Noël n'avait manqué de revenir dans la Vallée des rires, à l'aube. C'était uniquement grâce à la rapidité de ses rennes qu'il parvenait à accomplir un tel exploit car, chaque année, il parcourait le monde entier ! Il aimait son travail et il adorait le trajet nocturne et si rapide dans son traîneau, agrémenté du gai tintement des grelots.

Lors du premier voyage qu'il avait effectué avec les dix rennes, seuls Glossie et Flossie étaient dotés de grelots. Mais par la suite, chaque année pendant huit ans, le Père Noël était allé apporter des cadeaux aux enfants du Roi des gnomes et, en retour, le sympathique monarque lui avait offert un jeu de grelots à chacune de ses visites : c'est ainsi que, finalement, chacun des dix rennes avait eu le sien, et tous ces grelots tintinnabulaient dans une joyeuse mélodie tandis que le traîneau filait sur la neige.

Les chaussettes des enfants commençaient à être si longues qu'il fallait beaucoup de jouets pour les remplir, mais le Père Noël découvrit très vite qu'il y avait beaucoup d'autres choses

que les enfants aimaient en plus des jouets.

Il envoya quelques-unes de ses bonnes amies les fées dans les Tropiques. Elles revinrent avec de grands sacs pleins d'oranges et de bananes qu'elles avaient cueillies sur les arbres. D'autres fées se rendirent dans la magnifique Vallée de DrôledeKontrée où, sur les buissons, poussaient de délicieux bonbons qu'elles rapportèrent pour les plus petits. Chaque veille de Noël, en plus des jouets, le Père Noël se mit donc à glisser des friandises dans les longues chaussettes des enfants. Dans le monde, il y a des pays chauds où il n'y a pas de neige en hiver, mais le Père Noël s'y rendait quand même, car son traîneau était doté de petites roues qui lui permettaient de rouler sur le sol aussi rapidement qu'il glissait sur la neige.

Les enfants qui vivaient dans les pays chauds connaissaient donc tout aussi bien le Père Noël que ceux qui habitaient plus près de la Vallée des rires.

Un jour, alors que les rennes étaient prêts à entamer leur voyage annuel, une fée vint voir le Père Noël pour lui parler de trois petits enfants qui vivaient sous une tente rudimentaire faite de peaux de bêtes, au beau milieu d'une plaine où il n'y avait pas un seul arbre. Ces pauvres enfants étaient malheureux, car leurs parents les négligeaient. Le Père Noël décida donc de leur rendre visite sur le chemin du retour. Au cours du trajet, il ramassa par terre la cime d'un sapin que le vent avait arrachée de son tronc, et la mit dans son traîneau.

Quand les rennes s'arrêtèrent devant la tente où dormaient les pauvres enfants, c'était presque le matin.

Le Père Noël planta la cime de sapin dans la terre aride et installa des bougies sur ses branches. Puis il accrocha certains de ses plus beaux jouets sur l'arbre, ainsi que plusieurs sacs de bonbons.

Il ne lui fallut que quelques instants pour tout terminer – car le Père Noël travaille très vite ! Quand tout fut prêt, il alluma les bougies et, passant sa tête par l'ouverture de la tente, il cria : « Joyeux Noël, les enfants ! »

Il sauta ensuite dans son traîneau et fut hors de vue bien avant que les enfants n'aient eu le temps de sortir pour voir ce qui se passait.

Vous pouvez imaginer l'émerveillement et la joie de ces pauvres petits, quand ils virent le sapin resplendissant, dont les lumières étincelantes brillaient dans l'aube grise, et qui était couvert de suffisamment de jouets pour les rendre heureux pendant des années.

Ébahis, ils joignirent les mains et se mirent à danser autour du sapin en riant, jusqu'à ce qu'ils soient obligés de s'arrêter pour reprendre leur souffle. Leurs parents sortirent alors de la tente pour voir ce qui se passait : ils furent émerveillés. Par la suite, ils accordèrent plus de respect et de considération à leurs enfants, se disant qu'ils devaient le mériter puisque le Père Noël les avait honorés avec de si beaux cadeaux.

L'idée de décorer un sapin pour Noël plut beaucoup au Père Noël. Alors, l'année suivante, il en chargea plusieurs dans son traîneau et les installa dans les maisons des plus pauvres, ceux qui n'avaient pas souvent l'occasion d'en voir, ornant leurs branches de bougies et de jouets.

Bien sûr, il ne pouvait pas transporter suffisamment de sapins pour en offrir à tous ceux qui en voulaient, mais dans certaines maisons, les familles parvinrent à se procurer des sapins par elles-mêmes.

Le Père Noël n'avait alors plus qu'à les décorer aussi joliment que possible, et à suspendre sur leurs branches suffisamment de jouets pour tous les enfants.

Grâce à cette belle idée menée à bien, les enfants commencèrent à attendre avec impatience la visite du Père Noël. Comme une telle attente est très agréable et réconfortante, les petits en tirèrent beaucoup de bonheur, ne cessant de se demander ce qui se passerait la prochaine fois que le Père Noël viendrait.

Les Lutins et le Cordonnier

Conte traditionnel

Il était une fois un cordonnier devenu si pauvre qu'il lui restait tout juste assez de cuir pour réaliser une seule et unique paire de chaussures.

C'était le mois avant Noël, une période durant laquelle de nombreuses fêtes étaient organisées, alors il décida de faire une paire de chaussures de danse destinée à une jeune fille. Dans la soirée, il découpa les différentes pièces des futures chaussures, en se disant qu'il les assemblerait le lendemain matin, puis alla se coucher.

Le matin venu, quand il entra dans son atelier pour se mettre au travail, la paire de chaussures l'attendait, déjà terminée. Très étonné, il se demanda ce qui avait pu se passer.

Il prit les chaussures et les examina de plus près. Elles étaient si parfaitement cousues que pas un point ne dépassait : elles avaient visiblement été réalisées par un véritable expert en la matière.

Peu de temps après, une jeune fille entra dans sa boutique et trouva les chaussures si jolies qu'elle accepta bien volontiers de les payer plus cher que des chaussures ordinaires. Ainsi, le cordonnier put acheter suffisamment de cuir pour fabriquer deux paires de chaussures.

Le soir venu, il découpa les pièces des futures chaussures dans le cuir, et le lendemain matin, bien reposé, il se précipita dans son atelier pour se mettre au travail. Mais ce n'était pas la peine : les chaussures étaient déjà terminées, et elles furent vite achetées par deux autres personnes ravies par leur qualité. L'argent ainsi gagné permit au cordonnier d'acheter suffisamment de cuir pour réaliser quatre paires de chaussures.

Tôt le lendemain matin, il trouva les quatre paires déjà terminées, et cela continua – tous les matins, il retrouvait les chaussures qu'il avait préparées la veille déjà terminées. Au bout de quelques semaines, le cordonnier avait gagné suffisamment pour s'offrir un train de vie confortable : il avait maintenant largement de quoi s'acheter de la nourriture, et même de quoi offrir de beaux vêtements à son épouse et à lui-même.

La veille de Noël, alors qu'il préparait ses futures paires de chaussures, il dit à sa femme :

« Et si nous nous cachions ici ce soir pour savoir à qui nous devons tous ces bienfaits ? »

Sa femme accepta. Ils se cachèrent dans un coin de la pièce, derrière une rangée de vêtements suspendus.

À minuit, deux petits lutins en haillons firent leur apparition. Ils s'assirent devant la table du cordonnier, prirent les pièces de cuir à assembler et là, leurs petits doigts commencèrent à coudre, à broder et à marteler avec une telle vitesse et une telle précision que le cordonnier ne pouvait pas en croire ses yeux. Ils ne s'arrêtèrent qu'une fois le travail terminé et, l'instant d'après, ils s'étaient volatilisés.

BIENTÔT NOËL

Le lendemain, la femme du cordonnier lui dit :

« Ces petits lutins nous ont rendus riches : il faudrait faire quelque chose pour leur témoigner notre reconnaissance. On pourrait leur faire un cadeau de Noël ? Je vais coudre une petite chemise, un petit manteau, un petit gilet et un petit pantalon à chacun, et je vais aussi leur tricoter une jolie paire de chaussettes solide et résistante… Et toi, tu vas leur faire une petite paire de chaussures. »

Le cordonnier accepta tout de suite et, le soir venu, quand les cadeaux furent prêts, ils les déposèrent sur la table avec du vin et des gâteaux, puis ils se cachèrent pour voir comment les petits lutins allaient réagir.

Ils arrivèrent en sautillant à minuit pile, prêts à mettre au travail leurs petits doigts habiles – mais en lieu et place des pièces de cuir à assembler, ils découvrirent de charmants petits vêtements.

BIENTÔT NOËL

Au début, ils furent très surpris... mais très vite, ils eurent l'air absolument ravi ! Ils enfilèrent leurs beaux habits à une vitesse extraordinaire, en chantant :

« Maintenant que nous sommes habillés de façon si élégante et soignée, pourquoi continuer à nous échiner pour d'autres pieds que les nôtres ? »

En dansant, ils bondirent de la table à la chaise, puis de la chaise au sol, et disparurent derrière la porte.

Le lendemain était le jour de Noël, et les lutins ne revinrent pas. À vrai dire, ils ne revinrent plus jamais après cela, mais jusqu'à la fin de sa vie, le cordonnier fut prospère et eut de la chance dans tout ce qu'il entreprenait. Et chaque veille de Noël, sa femme et lui burent à la santé de leurs assistants secrets.

Une Étoile de Noël

Adapté d'une histoire
de Katharine Pyle

« Mes chères petites étoiles, venez me voir, dit Mère Lune. Je vais vous raconter une histoire. »

La semaine avant Noël, tous les matins, Mère Lune appelait toutes les petites étoiles qui l'entouraient pour leur raconter des histoires retraçant le destin exceptionnel de certaines d'entre elles. Les étoiles souhaitaient ensuite une bonne nuit à Mère Lune et allaient se coucher dans leurs chambres célestes, car les étoiles vont se coucher à l'aube, au moment où les habitants de la Terre commencent tout juste à se réveiller.

Mais ce matin-là, une étoile dorée s'attarda aux côtés de Mère Lune.

« Quelque chose ne va pas, ma petite étoile ?

– Oh, Mère Lune, répondit l'étoile dorée. Je suis si triste ! Je voudrais pouvoir trouver un cœur pour lequel briller, comme l'étoile dont tu nous as raconté la merveilleuse histoire.

– Mais n'es-tu donc pas heureuse ici, dans le ciel ? demanda Mère Lune.

– Si, répondit l'étoile, mais ce soir, j'ai vraiment l'impression que je dois absolument trouver un cœur pour lequel briller.

– Eh bien, dans ce cas, dit Mère Lune, le temps est venu pour toi de t'aventurer dans la Salle des Merveilles, ma petite étoile.

– La Salle des Merveilles ? Qu'est-ce que c'est ? » demanda l'étoile.

Mère Lune prit la petite étoile par la main et la conduisit devant une porte qu'elle n'avait jamais vue auparavant. Mère Lune ouvrit la porte et une longue salle sombre apparut devant elle. Tout au bout, on voyait briller une petite lueur.

« Voici la Salle des Merveilles, et si tu veux trouver un cœur pour lequel briller, il te faudra la traverser », dit Mère Lune.

Alors, la petite étoile entra dans la Salle des Merveilles, et la porte de la maison céleste se referma derrière elle.

L'instant suivant, l'étoile se retrouva suspendue au plafond d'un magasin de jouets, avec toutes sortes d'autres étoiles bleues, rouges et argentées. La petite étoile, quant à elle, était toujours dorée.

BIENTÔT NOËL

Le magasin était rempli d'hommes, de femmes et d'enfants qui faisaient leurs achats de Noël.

Mais l'étoile n'avait d'yeux que pour un petit garçon qui se tenait debout devant le comptoir, car dès l'instant où elle l'aperçut, elle sut qu'il était celui auquel elle appartenait.

Ce petit garçon se trouvait à côté d'une jeune femme au visage doux, et ne semblait rien regarder en particulier. L'étoile se mit à trembler, car elle craignait que l'enfant parte sans même l'avoir remarquée.

La femme qui l'accompagnait posa un certain nombre de jouets sur le comptoir devant elle, et dit :

« Ça y est, je pense que nous avons des cadeaux pour tout le monde. Nous avons une poupée pour Lou, un jeu pour Ned, une boîte à musique pour May, et nous avons pensé au cheval à bascule et au traîneau. »

Soudain, le petit garçon la saisit par le bras.

« Oh, maman, regarde cette étoile là-haut ! Comme je voudrais l'avoir !

– Voyons, mon chéri, nous avons déjà beaucoup de décorations pour le sapin de Noël, rétorqua sa mère.

– Oui, je sais, mais je voudrais vraiment cette étoile, dit l'enfant.

– Très bien, répondit la mère en souriant, alors nous allons prendre ça aussi. »

L'étoile fut donc décrochée et enveloppée dans un morceau de papier, ce qui la remplit de joie car, à présent, elle appartenait au petit garçon.

Mais elle dut attendre jusqu'à la veille de Noël, car ce n'est qu'à ce moment-là que la famille décora le sapin et que l'étoile dorée fut enfin déballée.

Elle fut accrochée tout en haut du sapin de Noël.

Le soir venu, toutes les bougies placées sur le sapin furent allumées. Les boules dorées et argentées, les fées et les fruits de verre scintillaient dans la lumière et, tout au sommet, brillait l'étoile dorée.

À sept heures, les portes battantes de la salle où se trouvait le sapin de Noël furent ouvertes, et une foule d'enfants se précipita à l'intérieur.

Ils riaient, et criaient, et parlaient tous

ensemble. Au bout d'un moment, ils mirent de la musique, puis reçurent chacun l'un des cadeaux qui se trouvaient sous le sapin.

L'étoile n'avait jamais été aussi heureuse de toute sa vie, car le petit garçon était là. Il se tenait à l'écart des autres enfants, les yeux fixés sur l'étoile, les mains dans le dos.

Puis la fête se termina. On éteignit les lumières, les enfants rentrèrent chez eux et le calme envahit la maison.

Alors, les décorations du sapin commencèrent à discuter les unes avec les autres.

« Alors, voilà, c'est fini... dit une boule argentée.

– Oui, répondit une grappe de raisin en

verre, le meilleur est passé. Bien sûr, on viendra nous admirer pendant encore quelques jours, mais ce ne sera pas comparable à cette soirée.

– Ensuite, je suppose que nous serons rangés, soupira une fée de papier. Vraiment, on pourrait se dire que cela n'en vaut pas la peine. Quelques jours de réjouissance par an à peine, pour rester enfermés dans une boîte obscure tout le reste de l'année… »

Mais la grappe de raisin avait tort quand elle disait qu'il y aurait encore des gens pour venir admirer le sapin de Noël au cours des jours suivants : bien au contraire, personne ne s'en occupa ni ne s'en approcha.

Un grand silence régnait dans la maison et tout le monde avait l'air très inquiet – car le petit garçon était malade.

Finalement, un soir, une infirmière entra

dans la pièce et décrocha l'étoile dorée. Elle l'emporta dans le couloir, puis monta l'escalier pour rejoindre la chambre où le petit garçon se trouvait. La femme au visage doux était assise près du lit. Voyant entrer l'infirmière, elle tendit la main vers l'étoile.

« C'est ça que tu voulais, mon chéri ? » demanda-t-elle au petit garçon en se penchant vers lui.

L'enfant hocha la tête et tendit les mains vers l'étoile. Il la serra contre lui, un grand sourire dessiné sur son visage. Puis il s'endormit, tenant toujours l'étoile fermement dans sa main.

« Dieu merci, dit l'infirmière. Pendant un moment, je me suis fait du souci, mais à présent, je suis sûre qu'il va vite se remettre et qu'il sera bientôt tout à fait guéri. »

Il en fut ainsi. Et aussi longtemps que vécut

le petit garçon, tous les ans, il accrocha l'étoile en haut de son sapin de Noël.

Et le reste de l'année, au lieu de l'enfermer, il suspendait l'étoile dorée devant la fenêtre, où elle pouvait briller, tournoyer et contempler le ciel immense...

Une Robe pour Noël

Un extrait du livre *Anne... la maison aux pignons verts*
de L. M. Montgomery

Anne Shirley a été adoptée par Marilla et son frère Matthieu. Elle rêve d'avoir des manches bouffantes, qui sont très à la mode, mais Marilla persiste à lui coudre des robes avec des manches droites.

Matthieu rentra à la maison au crépuscule et s'assit à côté du coffre à bois pour enlever ses lourdes bottes. Il ne savait pas qu'Anne était en train de jouer avec plusieurs de ses camarades de classe. Les petites filles, qui riaient et bavardaient gaiement, ne le remarquèrent pas. Matthieu les observa timidement pendant dix minutes tandis qu'elles mettaient leurs chapeaux et leurs vestes.

Anne se tenait parmi elles, les yeux aussi brillants que les autres, mais Matthieu s'aperçut soudain qu'il y avait quelque chose qui la différenciait de ses camarades.

Anne avait un visage plus lumineux, des yeux plus grands et plus brillants, et des traits plus délicats que les autres. Cependant, la discordance qui le troublait avait une autre cause. Mais laquelle ?

Après deux heures de réflexion assidue,

Matthieu finit par résoudre l'énigme qui le tourmentait : Anne était vêtue différemment des autres petites filles !

Plus Matthieu réfléchissait à la question, plus il était convaincu qu'Anne n'avait jamais été vêtue comme les autres petites filles – pas une fois depuis son arrivée à la maison aux pignons verts. Marilla persistait à la vêtir de robes sombres et unies, toutes cousues d'après le même modèle intemporel. Matthieu était tout à fait sûr que les manches d'Anne ne ressemblaient pas du tout aux manches que portaient ses camarades. En se remémorant le groupe de petites filles, il se demanda pourquoi Marilla tenait à vêtir Anne d'habits aux couleurs et à la coupe aussi mornes.

Bien sûr, c'était probablement pour le mieux. Marilla savait ce qu'il fallait faire et c'était elle qui élevait la petite.

Mais très certainement, le fait d'avoir une jolie robe ne pouvait lui faire aucun mal. Matthieu décida alors de lui en offrir une. Il ne restait qu'une quinzaine de jours avant Noël. Une belle robe neuve serait le cadeau idéal. Avec un soupir de satisfaction, Matthieu posa sa pipe et alla se coucher.

Lorsque Matthieu décida de réfléchir plus sérieusement à la question, il se dit qu'il ne s'en sortirait pas sans l'aide d'une femme. Il était hors de question d'en parler à Marilla : elle ferait tout ce qu'elle pourrait pour l'empêcher de concrétiser son projet. Ne restait donc que Mme Lynde, car il n'y avait aucune autre femme à qui Matthieu aurait osé demander conseil. Il alla donc voir Mme Lynde, et la brave femme prit rapidement les choses en main, au grand soulagement de Matthieu.

« Vous aider à offrir une robe à Anne ? Bien

sûr que je peux le faire. Avez-vous quelque chose de particulier en tête ? Non ? Je me fierai à mon propre jugement, alors. Je pense qu'un tissu d'un beau brun profond irait très bien à Anne. Mais peut-être voulez-vous aussi que je couse la robe ? J'imagine que, si Marilla s'en charge, Anne risque de découvrir le pot au rose avant l'heure, ce qui gâcherait la surprise ? Eh bien, c'est ce que je vais faire. Je prendrai les mesures sur ma nièce, Jenny Gillis, car Anne et elle se ressemblent comme deux gouttes d'eau, du moins pour ce qui est de la silhouette.

– Ma foi, c'est bien gentil de votre part, dit Matthieu. Et... j'aimerais... Je crois que les manches d'aujourd'hui sont différentes de ce qu'elles étaient. Si ce n'est pas trop vous demander, j'aimerais que les manches d'Anne soient modernes...

– Des manches bouffantes ? Bien sûr. N'ayez aucune inquiétude, Matthieu. Elles seront à la toute dernière mode », lui répondit Mme Lynde.

Une fois Matthieu parti, elle ajouta à mi-voix :

« Ça va être une vraie satisfaction de voir cette pauvre enfant porter quelque chose de décent pour une fois. La façon dont Marilla l'habille est ridicule, et ce n'est pas faute de le lui avoir fait remarquer une bonne douzaine de fois... »

Durant les quinze jours qui suivirent, Marilla se rendit bien compte que Matthieu avait quelque chose en tête, mais sans pouvoir deviner ce que c'était. Jusqu'à ce que, la veille de Noël, Mme Lynde vienne leur apporter la robe.

« Alors, c'est donc pour ça que Matthieu

s'est montré si mystérieux et qu'il n'arrêtait pas de sourire ces deux dernières semaines ? dit-elle d'une voix un peu sèche. Je savais qu'il avait encore fait une folie. Eh bien, je ne pensais pas qu'Anne avait besoin d'une robe supplémentaire. J'espère qu'elle sera enfin contente, car je sais qu'elle meurt d'envie d'avoir de stupides manches à la mode comme celles-ci depuis l'instant où elles ont fait leur apparition ! »

Le matin de Noël se leva sur un magnifique paysage d'un blanc immaculé. Il faisait très doux mais, pendant la nuit, il était tombé juste assez de neige pour métamorphoser le paysage. Anne regarda par la fenêtre recouverte de givre avec des yeux ravis. Les terres labourées s'étaient transformées en champs de vagues enneigées, et il y avait une saveur piquante dans l'air. Elle se rua au rez-de-chaussée en chantant, faisant résonner sa voix partout dans la maison aux pignons verts.

« Joyeux Noël, Marilla ! Joyeux Noël, Matthieu ! Est-ce que ce n'est pas une merveilleuse journée de Noël ? Je suis tellement heureuse que tout soit tout blanc… Je n'aime pas les Noël verts. D'ailleurs, ils ne sont même pas verts : ils sont plutôt brunâtres – ou grisâtres ! Oh, mais… Matthieu, est-ce que c'est pour moi ? »

Matthieu avait sorti la robe de son emballage de papier et l'avait dépliée. Timidement, il la brandit devant lui pour la lui montrer.

Anne la regarda attentivement.

Qu'elle était belle, faite de soie douce et brillante, avec une jupe aux volants délicats et un col bordé de dentelle vaporeuse… Et les manches – c'était la cerise sur le gâteau ! Descendant bas sur les poignets, elles étaient

joliment bouffantes sur le haut et agrémentées de rubans en soie d'un joli brun.

« C'est un cadeau de Noël pour toi, Anne, dit Matthieu. Mais, pourquoi... pourquoi pleures-tu ? Elle ne te plaît pas ? Ah, bon... Eh bien...

– Si elle me plaît ? Oh, Matthieu ! Elle est parfaitement exquise. Je ne pourrai jamais assez vous remercier. Regardez ces manches ! Oh, j'ai l'impression d'être dans un rêve...

– Très bien, très bien... Et si nous allions prendre le petit déjeuner ? l'interrompit Marilla. Je dois dire, Anne, que je ne pense pas que tu aies besoin de cette robe, mais puisque Matthieu te l'a offerte, tu t'efforceras d'en prendre grand soin. Mme Lynde t'a également fait cadeau d'un ruban pour tes cheveux. Il est assorti à la couleur de la robe. Allez, assieds-toi, maintenant.

– Je ne crois pas pouvoir avaler quoi que ce soit, dit Anne avec ravissement. Prendre le petit déjeuner me parait si banal, alors que je suis en train de vivre un moment tellement extraordinaire ! Je préfère dévorer cette robe des yeux. C'est vraiment gentil de la part de Mme Lynde de m'avoir donné un ruban pour mes cheveux. Ça me donne vraiment envie de très bien me conduire pour mériter tous ces beaux cadeaux. Maintenant, je vais faire encore plus d'efforts ! »

La Coupe du sapin de Noël

Un extrait du livre *L'Hiver de Pauline et Pierre* de Rose Lucia

Traditionnellement, en Amérique, les sapins de Noël sont décorés de guirlandes de pop-corn.

Noël était bientôt là. Pierre était à bout de patience. Il ne cessait de demander :

« Maman, c'est demain, Noël ? Noël, c'est demain ? »

Finalement, Papa finit par lui dire : « Veux-tu que l'on fête Noël avant même que je sois allé chercher le sapin ?

– Non, répondit Pierre. Mais quand est-ce que tu vas aller le chercher, le sapin ?

– Je vais y aller aujourd'hui. Pauline et toi pouvez m'accompagner. Nous allons choisir le plus joli sapin que nous pourrons trouver. Allez, préparez-vous : il est temps d'y aller.

– Oh, oui, super ! s'écria Pierre en trépignant de joie. Maintenant, je sais que Noël sera bientôt là !

– Demain, pour être précis, répondit Papa. Va vite le dire à Pauline. »

Accompagné de ses deux enfants, il traversa le champ derrière la maison et passa au-dessus du mur de pierre du bureau de poste.

« Nous devons trouver un beau sapin, mon garçon. En vois-tu un qui te plaît ?

– Celui-là ! » dit Pierre.

Papa se mit à rire.

« Ce sapin est très beau. Mais il est beaucoup

trop grand. Il faudrait percer un trou dans le plafond pour le faire tenir dans la maison ! Cherchons-en un plus petit.

– Celui-là, je crois qu'il est bien. Il ressemble aux petites décorations que nous avons dans la maison, dit Pauline.

– Oui, je crois que celui-là sera parfait pour nous. Je vais le couper. Tiens-moi mon manteau, s'il te plaît. »

Papa leva sa hache, et asséna trois coups secs. Mais tout à coup, un grand bruit se fit entendre au-dessus de leur tête.

Ils levèrent les yeux et, dans l'arbre le plus proche, ils virent un gros écureuil gris qui courait sur une branche en criant de toutes ses forces.

Il agitait la queue comme un forcené et n'avait pas l'air content du tout.

« Eh bien, dit Papa, t'aurais-je dérangé ? Je suis désolé. Tu peux retourner te coucher : nous ne te prendrons pas ton arbre.

– Cet arbre a l'air plutôt lugubre, tu ne trouves pas, Papa ?

– Toutes ses feuilles sont tombées. Un sapin, c'est beaucoup mieux ! Ses feuilles sont bizarres, mais au moins, elles ne tombent pas en hiver.

– C'est pourquoi on appelle certains arbres des sempervirents, Pauline. Ce mot étrange signifie "qui a toujours des feuilles". Les pins sont des sempervirents eux aussi, mais leurs aiguilles sont plus longues que celles des sapins. »

Il ne fallut pas longtemps à Papa pour finir de couper le sapin. Il posa la cime sur son épaule, laissant traîner l'autre extrémité dans la neige.

« Voilà, maintenant que nous avons notre sapin, nous pouvons rentrer à la maison, dit-il. Ce soir, nous l'habillerons avec Maman, et demain, vous pourrez le voir.

– Avec quoi allez-vous l'habiller ? demanda Pierre. Avec une robe ? J'espère qu'elle sera rouge. C'est Maman qui l'a faite ?

– Oh, Pierre, que tu es bête ! Ce que voulait dire Papa, c'était qu'ils allaient le décorer avec des sacs de bonbons, des guirlandes de pop-corn et des cadeaux.

– Ah, oui, je vois, dit Pierre. Il y aura des poneys, des pistolets, et tout ça...

– Regardez la neige qui étincelle, mes enfants. C'est grâce aux rayons du Soleil. Regardez le ciel bleu. L'air n'a-t-il pas un arôme délicieux ?

– Ça me donne l'impression d'être en train de courir, répondit Pauline avec enthousiasme.

– Alors, courez, mes poussins. Partez devant, rentrez à la maison. Dites à Maman que le sapin de Noël ne va pas tarder et que vous pouvez attaquer la préparation du pop-corn. »

Pierre et Pauline se précipitèrent vers la maison.

« Maman, Maman ! crièrent-ils en chœur. L'arbre de Noël va bientôt arriver. C'est Papa qui l'a.

– Maman, demanda Pauline, qu'est-ce qui sent si bon dans la maison ? On se croirait au milieu d'un bois.

– Ce sont les couronnes que j'ai faites, Pauline. J'en ai mis une dans chaque pièce. J'en ai aussi mis une sur la porte d'entrée.

– Les couronnes que l'on fabrique soi-même sentent bien meilleur que celles qui s'achètent. Si vous voulez, vous pouvez m'aider

à les terminer : je n'en ai pas encore assez. »

Les enfants se rendirent donc dans la cuisine. Sur une table, il y avait des branches de sapins. Ils aidèrent leur mère à les tordre et à les attacher pour former des cercles. Maman enroula de nombreuses petites brindilles autour de chaque cercle. Ils obtinrent bientôt des couronnes fermes, épaisses et d'un joli vert.

« Comme ça sent bon, Maman. J'adore les odeurs de Noël. Mais regarde mes mains !

– C'est de la sève de sapin, Pauline. Il suffit de la frotter avec un peu de beurre pour l'enlever. Ensuite, lave-toi les mains à l'eau chaude. Je vais nettoyer la table et, quand

j'aurais fini, nous préparerons le pop-corn. »

Ça, c'était toujours très amusant. Pauline adorait voir les grains de maïs s'agiter dans tous les sens, pour devenir tout gonflés et d'une belle couleur blanche. Elle aimait aussi la bonne odeur qu'ils dégageaient.

Il ne leur fallut pas longtemps pour préparer deux grandes poêles de pop-corn. Ils passèrent alors à la tâche suivante : enfiler le pop-corn sur un fil pour en faire une guirlande. Pauline et Pierre aidèrent tous les deux leur mère. Bien sûr, Maman était beaucoup plus rapide, et elle leur raconta des histoires tandis qu'ils travaillaient.

« Maintenant, les enfants, la Boîte de

Choses à Donner vous attend : allez choisir ce que vous allez offrir. »

Sur le sol de la salle à manger, il y avait une grande boîte remplie de jeux, de poupées, de sacs de bonbons et de pop-corn, ainsi que de bien d'autres choses.

C'étaient les cadeaux que Pierre et Pauline allaient offrir à d'autres : ainsi, ils feraient le bonheur d'autres enfants, et cela les rendrait heureux eux aussi.

Pour Tim, Pierre choisit un pantin. Pauline, quant à elle, décida de lui donner un sifflet.

« Il ne sait pas encore siffler avec la bouche ! » dit Pauline.

Quand elle sortit de la pièce, Pierre se dépêcha de choisir un cadeau pour elle. Il opta pour la plus jolie poupée qu'il avait jamais vue.

Pauline, quant à elle, choisit un train pour Pierre – sans qu'il ne le sache.

« Pourquoi ne pas donner cette bouillotte à Grand-Mère ? lança alors Maman.

– Oh oui, c'est une bonne idée ! s'écrièrent les deux enfants.

– Et puis il y a ma maîtresse, dit Pierre. Je vais lui donner ces billes.

– Je ne suis pas sûre que la maîtresse ait de la place dans ses poches pour des billes, intervint Maman. Pourquoi ne pas lui donner plutôt cette jolie boîte de mouchoirs ? »

En un rien de temps, la Boîte de Choses à Donner fut vidée. Tous les cadeaux avaient été attribués. Aucun de leurs amis du village n'avait été oublié. Pierre et Pauline étaient fatigués : ils furent donc ravis de voir arriver l'heure du coucher.

La Nuit du petit Roger dans l'église

Une histoire de Susan Coolidge

C'était la veille de Noël. Le petit Roger était en train de dîner dans la maison de ses grands-parents. Grand-Père était allé à l'église. Soudain Grand-Mère s'écria :

« Oh non ! Grand-Père a oublié de prendre ses clés. Crois-tu que tu pourrais les lui rapporter, mon petit, ou as-tu trop peur pour sortir dans la nuit ?

– Je n'ai pas peur du tout ! dit Roger. Il ne me faudra pas longtemps pour les lui rapporter, et après, je me dépêcherai de rentrer chez moi. »

Sa grand-mère le serra dans ses bras pour lui souhaiter une bonne nuit, et il s'en alla. L'église n'était pas loin, et grâce à la lueur de la Lune, il faisait aussi clair qu'en plein jour : il n'avait donc aucune raison d'avoir peur. Quand il entra dans l'église, Grand-Père était penché au-dessus du feu, en train de le couvrir pour la nuit. Il était tellement concentré qu'il ne remarqua pas la présence de Roger, jusqu'à ce que le petit garçon malicieux agite les clés juste à côté de son oreille… Très content, le vieil homme éclata de rire.

« Tu tombes bien, je me demandais où elles étaient, dit-il. Tu es bien gentil de me les avoir rapportées. Est-ce que tu rentres avec moi ?

– Non, je rentre dormir chez Maman, dit Roger, mais je vais t'attendre et te raccompagner, Grand-Père. »

Il se glissa alors sur un banc, comptant rester assis là jusqu'à ce que Grand-Père ait terminé ce qu'il avait à faire. En levant les yeux, il remarqua soudain à quel point la vieille église était belle.

La lumière de la Lune dehors était si brillante qu'on réalisait à peine l'absence du Soleil. Roger pouvait voir clairement les hautes poutres sculptées de la toiture, et discerner des grandes fenêtres en forme d'arche situées au-dessus de l'autel.

Le petit Roger se dit que, pour mieux voir le toit, l'idéal était de s'allonger sur le coussin qui recouvrait le banc. Il s'installa donc confortablement et il ferma les yeux. L'instant d'après – du moins à ce qu'il lui semblait –, il les frotta vigoureusement pour les rouvrir.

Mais l'enfant s'aperçut alors que Grand-Père n'était plus là. Le poêle était fermé pour la nuit, et la grande porte de l'église était fermée.

Terrifié, Roger sauta sur ses pieds. Il courut jusqu'à la porte et la secoua aussi fort qu'il pouvait. Mais cela ne servit à rien : la porte était verrouillée, et lui enfermé pour la nuit. En un éclair, il comprit ce qui s'était passé : le banc l'avait dissimulé à la vue de Grand-Père.

Ce dernier avait donc dû penser qu'il était rentré chez lui. Sa mère pensait probablement qu'il se trouvait en sécurité chez ses grands-parents. Personne n'allait remarquer son absence, et donc personne ne viendrait le libérer avant le lendemain matin. Roger n'avait que six ans, alors, très logiquement, sa première réaction fut d'avoir peur. Mais c'était un garçon courageux, et il parvint rapidement à se changer les idées. Il commença à se dire que sa situation n'était pas si mauvaise, après tout : il faisait bien chaud dans l'église, et le coussin du banc était aussi moelleux que son lit. Personne ne pouvait entrer puisque la porte était fermée : il n'avait donc rien à craindre. Réflexion faite, l'idée de passer la nuit dans un tel endroit lui paraissait maintenant très excitante, au point qu'il était presque content de s'être fait enfermer.

Roger retourna donc sur son banc et tenta de se rendormir.

Cela faisait déjà longtemps qu'il avait entendu l'horloge sonner onze heures. Allongé, les yeux mi-clos, le regard fixé sur la grille rougeoyante du poêle, il commençait enfin à sombrer dans le sommeil quand, tout à coup, il eut l'impression de sentir l'air s'animer autour de lui, comme si un vent soufflait dans l'église.

Juste à ce moment-là, l'horloge de l'église se mit à frapper douze coups. Le jour de Noël venait de commencer.

Comme le dernier écho s'éteignait, un nouveau son apparut, qui s'éleva progressivement. De toutes petites voix babillaient gaiement, et le bruit se rapprochait petit à petit. Puis les cloches de l'église se

mirent à sonner toutes ensemble, et un carillon s'éleva, un carillon de Noël, si ce n'est que les sons étaient si légers qu'on aurait dit que les cordes étaient actionnées par des mains de bébé. Avant même de se rendre compte de ce qu'il faisait, Roger s'engouffra dans le sombre escalier qui menait au beffroi et monta les marches aussi vite que possible.

Il se retrouva alors face à quatre grandes cloches, mais s'aperçut vite que personne ne tirait sur leurs lourdes cordes.

Sur chacunes d'elles était perchée une fée, et il y en avait d'autres qui s'agrippaient aux cordes, tirant de tous les

côtés. Il y avait des fées partout : elles voletaient dans la tour, occupées à se poursuivre, à se pousser et à se jouer toutes sortes de tours.

Roger n'aurait su dire combien de temps il resta planté là à les contempler, quand soudain, une mélodie s'éleva dans l'air. En un instant, les fées s'envolèrent toutes ensemble, s'éloignant de la tour telle une nuée scintillante, et elles disparurent. Roger se retrouva tout seul.

Brusquement tiré de sa contemplation, le petit garçon eut soudain très peur et il dévala les escaliers pour retourner dans l'église. Mais à peine s'était-il rassis sur son banc qu'une chose merveilleuse se produisit.

La grande fenêtre située juste au-dessus de l'autel s'ouvrit brusquement et des anges apparurent, des anges de Noël qui flottaient dans les airs, avec des tuniques aussi blanches que la neige. Un chant merveilleux s'éleva et se mit à retentir dans toute l'église. Il n'y avait que très peu de paroles, que les anges répétaient encore et encore :

« Gloire à Dieu au plus haut des cieux, et Paix sur la terre aux hommes de bonne volonté. »

Finalement, ils s'envolèrent par la fenêtre, et ils disparurent dans les cieux.

Vous pouvez deviner la surprise du grand-père quand, le lendemain matin, alors qu'il ouvrait l'église, son petit-fils se précipita dans ses bras, impatient de lui raconter sa merveilleuse histoire. Le vieil homme ramena le petit garçon chez lui pour que Grand-Mère lui prépare un petit-déjeuner au plus vite, afin que son petit-fils adoré puisse se remettre de ses aventures. Mais le petit Roger ne cessait de parler des anges et des fées qu'il avait vus, alors ses deux grands-parents commencèrent à craindre qu'il n'ait été ensorcelé. Peut-être le fut-il, en effet, car encore aujourd'hui, il persiste à raconter son histoire. Personne ne voulut jamais le croire.

Même les villageois déclarèrent, sûrs de leur fait :

« Roger a rêvé, rien de tout cela n'a jamais existé ! »

Pourtant, ce fameux matin, leur vieille église n'avait jamais été aussi belle...

J'ai vu trois navires

Chant traditionnel

J'ai vu trois navires arriver, trois voiliers
Le jour de Noël, le jour de Noël ;
J'ai vu trois navires arriver, trois voiliers
Au petit matin, le jour de Noël.

Mais où allaient-ils tous les trois,
Le jour de Noël, le jour de Noël ;
Mais où allaient-ils tous les trois,
Au petit matin, le jour de Noël ?

J'ai vu trois navires

Ô, ils se rendaient à Bethléem,
Le jour de Noël, le jour de Noël ;
Ô, ils se rendaient à Bethléem,
Au petit matin, le jour de Noël.

Et que sonnent toutes les cloches de la Terre,
Le jour de Noël, le jour de Noël ;
Et que sonnent toutes les cloches de la Terre,
Au petit matin, le jour de Noël.

Et que chantent tous les anges dans le ciel,
Le jour de Noël, le jour de Noël ;
Et que chantent tous les anges dans le ciel,
Au petit matin, le jour de Noël.

Et que chantent toutes les âmes de la Terre,
Le jour de Noël, le jour de Noël ;
Et que chantent toutes les âmes de la Terre,
Au petit matin, le jour de Noël.

Le Casse-noisette et le Roi des souris 86

Noël tous les jours 99

Le Noël de Jimmy l'épouvantail 111

DES MOMENTS MAGIQUES

Comment Jeannot Grillon aperçut le Père Noël 122

Les Assistants du Père Noël 133

Le Sourire d'André Chiffon 143

Petit Papa Noël 154

Le Casse-noisette et le Roi des souris

Adapté d'un conte
de Hoffmann

Fritz et Marie ont un parrain qui leur apporte toujours des cadeaux merveilleux.

C'était la veille de Noël et, comme d'habitude, les enfants du docteur Stahlbaum n'étaient pas autorisés à entrer dans le salon. Assis l'un à côté de l'autre, Fritz et Marie attendaient. Marie battit des mains et s'écria :

« Oh, que penses-tu que parrain

Drosselmeier nous ait fabriqué cette fois-ci ? »

À ce moment-là, une cloche se mit à sonner et les portes s'ouvrirent en grand, laissant entrer un flot de lumière.

« Venez, les enfants », dirent leurs parents.

Les enfants entrèrent et s'immobilisèrent en silence, les yeux brillants. Marie trouva alors une robe de soie suspendue au sapin, et Fritz découvrit un tout nouvel escadron de soldats qui portaient un uniforme rouge et or, encore plus beaux que ceux qu'il avait déjà.

À ce moment-là, la cloche sonna de nouveau. Sachant que parrain Drosselmeier était sur le point de dévoiler ce qu'il leur avait offert, les deux enfants coururent vers la table placée contre le mur. Le paravent qui la cachait se replia d'un coup. Alors, les enfants découvrirent un magnifique château doté de dizaines de fenêtres étincelantes et de hautes tours dorées. Des carillons retentissaient et, partout, on pouvait voir de minuscules dames et de tout petits messieurs qui se promenaient, tandis que des enfants en tutu dansaient.

« Parrain Drosselmeier, je voudrais entrer à l'intérieur de votre château, dit Fritz.

– Ce n'est pas possible, répondit M. Drosselmeier.

– Alors, ça ne m'intéresse pas vraiment. Je préfère mon escadron de soldats : lui, au moins, il n'est pas enfermé dans une maison. »

Mais Marie resta près de la table de Noël, car elle venait d'apercevoir quelque chose. Tandis que Fritz s'éloignait, elle montra du doigt un petit bonhomme en bois.

« Oh, Papa, s'écria Marie, qui est ce mignon petit homme ?

– Ma chère enfant, répondit le docteur Stahlbaum, c'est notre nouveau casse-noisette.

Il brise les noix avec ses dents. »

Le docteur Stahlbaum attrapa le petit homme et releva son manteau en bois, afin de lui faire ouvrir la bouche.

Marie déposa une noix à l'intérieur. À ce moment-là – crac –, le petit homme referma ses dents dessus. La noix se fendit en deux et la coque tomba par terre, tandis que

les deux cerneaux atterrissaient dans la main de Marie.

Fritz courut vers sa sœur. Il choisit la noix la plus grosse et – crac, crac – trois petites dents tombèrent de la bouche du casse-noisette.

« Oh, mon pauvre petit casse-noisette ! gémit Marie.

– Il est idiot et stupide, dit Fritz. Ses dents ne valent rien ! »

En sanglotant, Marie enveloppa le petit homme dans son mouchoir.

Leur maman éteignit toutes les bougies, ne laissant qu'une seule lampe allumée.

« Ne tardez pas trop à aller vous coucher, dit-elle, ou vous n'arriverez pas à vous lever demain. »

Dès que Marie se retrouva seule, elle sortit son casse-noisette du mouchoir pour le regarder.

« Cher casse-noisette, dit-elle doucement.

Je vais prendre bien soin de toi jusqu'à ce que tu sois guéri et heureux à nouveau. »

Marie l'installa dans l'armoire vitrée du salon, à côté des autres jouets. Elle ferma la porte et repartit vers sa chambre. Soudain, elle entendit des petits bruits et des chuchotements.

L'horloge sonna douze coups. Marie entendit des petits rires et des cris stridents s'élever partout autour d'elle, bientôt suivis par le bruit de mille petits pieds qui trottinaient derrière les murs. En un instant, la pièce fut envahie par une multitude de souris, qui s'alignèrent en rangs serrés.

Au même moment, Marie vit luire une lueur étrange à l'intérieur de l'armoire à jouets. Et d'un coup, le casse-noisette jaillit en criant :

« Fidèles joueurs de tambours, sonnez la charge ! »

Toutes les boîtes contenant les soldats de

Fritz s'ouvrirent. Ceux-ci bondirent en bas de l'armoire, formant des rangs sur le sol.

Quelques instants plus tard, ils se mirent à tirer : Boum ! Boum ! Mais les souris continuaient d'avancer et très vite, elles prirent le contrôle de plusieurs positions d'artillerie.

méchantes souris sont-elles bien parties ? Et le casse-noisette ? A-t-il été sauvé ?

– Mais qu'est-ce que tu racontes, ma chérie ? répondit sa mère. Qu'est-ce que les souris ont à voir avec le casse-noisette ?

– Il y a eu une grande bataille entre les poupées et les souris, expliqua Marie. Les souris étaient sur le point de capturer le casse-noisette. Je leur ai jeté ma chaussure dessus, et après je ne sais pas ce qui s'est passé. »

C'est alors qu'arriva son parrain Drosselmeier, qui venait leur rendre visite.

« Je t'ai apporté quelque chose », dit-il à Marie.

Il mit la main dans sa poche et en sortit… le casse-noisette, qu'il avait réparé et qui était désormais comme neuf ! Folle de joie, Marie poussa un grand cri.

Cette nuit-là, Marie fut réveillée au milieu de la nuit par un étrange grondement. À la lueur du clair de Lune, elle vit le roi des souris sortir d'un trou dans le mur et se faufiler dans sa chambre. D'un bond, il grimpa sur sa table de chevet.

« Donne-moi tes bonbons, dit-il, ou je vais mordre ton casse-noisette jusqu'à ce qu'il se brise en morceaux ! »

Et il repartit par le trou dans le mur.

Marie fut tellement effrayée par cette apparition qu'elle se trouva bien incapable de dire quoi que ce soit. Alors, cette nuit-là, elle prit tous ses bonbons et les déposa au pied de l'armoire à jouets. Le lendemain matin, les bonbons avaient disparu.

Marie était heureuse, car elle

avait sauvé le casse-noisette, mais la nuit suivante, le roi des souris revint la voir.

« Donne-moi ta plus belle robe et tous tes livres d'images », ordonna-t-il.

Le lendemain matin, Marie se rendit à l'armoire à jouets en sanglotant et dit au casse-noisette :

« Oh, mon cher, que puis-je faire ? Si je donne tous mes livres et ma robe à cet horrible roi des Souris, il va revenir et m'en demander encore plus. »

Le casse-noisette répondit dans un faible murmure :

« Trouve-moi juste une épée... »

À peine avait-il prononcé ces mots que sa tête retomba et que son regard redevint fixe. Marie demanda donc une épée à Fritz qui la dota même d'une bandoulière qu'il fixa lui-même sur le casse-noisette.

La nuit suivante, sur le coup de minuit, Marie entendit des bruits de combat et de métal s'entrechoquant en provenance du salon. Et tout à coup, elle entendit un cri strident : skriiik ! Peu de temps après, on frappa à la porte et une petite voix s'éleva :

« Miss Stahlbaum, ouvrez la porte et ne craignez rien. J'ai de bonnes nouvelles à vous annoncer ! »

Vive comme l'éclair, Marie ouvrit la porte – et elle découvrit que son casse-noisette s'était transformé en prince !

Il prit la main de Marie et lui expliqua qu'il était en réalité le neveu de son parrain Drosselmeier, qu'un mauvais sort avait transformé en casse-noisette. Il lui expliqua ensuite qu'après avoir vaincu le roi des souris, il avait brisé le sort, ce qui lui avait permis de redevenir le prince qu'il était.

Un jour, la mère de Marie entra dans la chambre de sa fille et lui dit :

« Le neveu de ton parrain va venir nous rendre visite. Je compte sur toi pour avoir une attitude irréprochable. »

Mais quand elle se retrouva face au jeune homme, Marie devint rouge comme une betterave. Il mit un genou à terre et lui dit :

« Miss Stahlbaum, vous avez à vos pieds le plus heureux des hommes, celui-là même dont vous avez sauvé la vie en cet endroit précis. S'il vous plaît, acceptez de me suivre et de devenir ma femme. »

Marie accepta et partit dans un carrosse doré.

Aujourd'hui, Marie est la princesse d'un pays qui abrite les choses les plus merveilleuses que l'on puisse voir – à condition d'avoir les yeux qu'il faut pour ça...

Noël tous les jours

Une histoire de William Dean Howells

Il était une fois une petite fille qui aimait tellement Noël qu'elle voulait que ce soit Noël tous les jours de l'année.

Dès la fin du mois de novembre, elle commença à envoyer des cartes postales à la Fée de Noël pour lui demander d'exaucer son vœu.

Mais la Fée ne lui répondit pas.

Alors, la petite fille décida de lui envoyer des lettres. La veille de Noël, elle reçut enfin une réponse de la Fée, qui lui disait qu'elle allait exaucer son souhait pendant un an, et qu'ensuite, elles verraient si l'idée valait la peine d'être reconduite. La petite fille était déjà très excitée par le fait que Noël arrive le lendemain, l'ancien Noël qui n'arrivait qu'une fois par an, alors peut-être que la promesse de la fée ne lui fit pas autant d'effet que si elle était arrivée à n'importe quel autre moment.

La petite fille se coucha tôt, afin que le Père Noël puisse avoir accès à ses chaussettes dès la nuit tombée. Le matin venu, elle fut la première levée, et fut ravie de découvrir que sa chaussette était maintenant remplie de paquets de bonbons, d'oranges et de balles en caoutchouc, ainsi que de toutes sortes d'autres petits cadeaux. Puis elle posa les yeux sur les gros cadeaux qui jonchaient la table : des livres, et du papier à lettres, et des poupées, et des petits fours, et des patins, et des pelles à neige, et des cadres photos, et des boîtes d'aquarelle, et du nougat, et des cerises confites et des maisons de poupée – et, au milieu de la pièce, il y avait aussi un immense sapin de Noël brillant de mille feux.

La petite fille passa un Noël fabuleux. Elle mangea tellement de bonbons qu'elle ne put rien avaler pour le petit déjeuner. Elle sortit ensuite distribuer les cadeaux qu'elle avait préparés pour ses amis, puis rentra chez elle et se délecta d'un délicieux repas, avec de la dinde, et des canneberges, et de la bûche aux pruneaux, et des noix, et des raisins secs, et des oranges, et encore des bonbons. Puis elle sortit faire de la luge, et revint en ayant mal au ventre. Après un dîner léger, la famille alla se coucher tôt.

La petite fille dormit à poings fermés jusqu'à très tard dans la matinée, mais elle finit par être réveillée par ses frères et sœurs qui dansaient autour de son lit, brandissant leur

chaussette pleine de cadeaux.

« Qu'est-ce qui se passe ? dit la petite fille en se frottant les yeux.

– Noël ! C'est Noël ! C'est Noël ! se mirent-ils tous à crier.

– Mais qu'est-ce que vous racontez ? Noël, c'était hier ! »

À ces mots, ses frères et sœurs éclatèrent de rire.

« Ça, on n'en sait rien. Tout ce qu'on sait, c'est qu'aujourd'hui, c'est Noël ! »

Alors, d'un coup, la petite fille se souvint de la promesse de la Fée, et elle comprit que le vœu qu'elle avait fait venait de se réaliser. Elle avait terriblement sommeil, mais elle bondit hors de son lit et courut jusqu'au salon. Les cadeaux étaient là ! Il y avait les livres, et le papier à lettres, et tout le reste, et il y avait l'arbre de Noël brillant de mille feux, et il y avait même les membres de sa famille en train d'ouvrir leurs cadeaux – mais personne n'avait l'air bien réveillé.

Son père marmonna qu'il avait l'impression d'avoir déjà vécu cette scène la veille, mais bien vite, il se dit que ce n'était probablement qu'un rêve.

Mais le lendemain, il se passa exactement la même chose – si ce n'est qu'ils commençaient tous à être franchement agacés par la situation. La petite fille aurait voulu demander à la Fée de reprendre son cadeau, mais elle avait honte, parce qu'elle ne voulait pas se comporter comme une ingrate... Cela dit, elle ne voyait pas comment elle allait pouvoir supporter de fêter Noël tous les jours pendant une année entière !

Mais les Noël continuèrent à s'enchaîner, et ce fut Noël le jour de l'An, et Noël le jour de la Saint-Valentin. Tous les jours étaient identiques, même le 1er avril – si ce n'est que ce jour-là, la plaisanterie parut quelque peu moins mauvaise.

Au bout de trois ou quatre mois, chaque fois que la petite fille entrait dans le salon le matin et voyait les chaussettes suspendues devant la cheminée, ces abjectes chaussettes aujourd'hui déformées par tous les présents qui s'y étaient accumulés, et sa belle maison envahie par tous ces cadeaux identiques, ses jambes se dérobaient et elle se retrouvait assise par terre, secouée de sanglots. Au bout de six mois, elle était tellement épuisée qu'elle ne pouvait même

plus pleurer. Au début du mois d'octobre, elle se retrouva assise sur un tas de poupées, parce que désormais, il y en avait partout, et quand arriva la fin du mois de novembre, elle en avait tellement assez qu'elle se mit à jeter ses cadeaux à travers la pièce.

À ce moment-là, plus personne ne faisait plus le tour du voisinage pour offrir des cadeaux aux amis et aux proches avec un mot gentil et un joli sourire. Au contraire, les gens se contentaient de les jeter par-dessus la clôture ou par la fenêtre. Et, au lieu d'écrire avec soin de gentilles choses comme : « Pour mon cher papa » ou d'autres choses du même acabit, ils écrivaient : « Prends ça, espèce de vieille bique ! » avant de balancer le paquet contre la porte d'entrée.

Presque tout le monde avait construit des granges pour y entreposer les cadeaux reçus,

mais bientôt, même les granges n'y suffirent plus, alors les gens se mirent à déposer les cadeaux n'importe où par terre, sans se soucier de les voir gâchés par la pluie. Parfois, la police devait intervenir pour exiger des habitants qu'ils dégagent les trottoirs de cette avalanche de cadeaux, sous peine d'être arrêtés.

Mais vers la fin du mois de novembre, un événement se produisit : tout le monde apprit à qui ils devaient ces Noël incessants. La petite fille souffrait tellement qu'elle en avait parlé dans son sommeil. Plus personne ne voulut jouer avec elle.

Dès le lendemain, la petite fille commença à envoyer des lettres à la Fée de Noël pour lui demander de tout arrêter. Mais cela ne changea rien : c'était toujours Noël tous les jours, jusqu'à ce qu'arrive la veille du réveillon de l'ancien Noël – celui qui n'avait lieu qu'une fois par an. La petite fille s'endormit et, quand elle se réveilla le matin suivant, elle constata que, pour la première fois depuis un an, ce n'était pas Noël – la valse des Noël était enfin terminée.

Cette découverte donna lieu à de grandes réjouissances dans tout le pays. Partout, les gens sortaient de chez eux et se jetaient dans les bras les uns des autres, et s'embrassaient en pleurant de joie.

La petite fille alla remercier la Fée pour avoir mis un terme à tous ces Noël, et lui dit qu'elle espérait que ce jour ne reviendrait plus jamais... En fronçant les sourcils, la Fée lui demanda si elle était bien sûre de ce qu'elle disait. Cela fit réfléchir la petite fille, et elle finit par dire qu'elle était d'accord pour qu'il y ait un jour de Noël une fois tous les mille ans, puis elle se ravisa et dit qu'elle en voulait un tous les cent ans, puis tous les dix ans, puis, finalement, tous les ans. La Fée lui fit remarquer que c'était ainsi que cela se passait traditionnellement depuis que la fête de Noël avait commencé à être célébrée, et que cela semblait convenir à tout le monde : la petite fille n'aurait pas pu être plus d'accord.

Le Noël de Jimmy l'épouvantail

de Mary E. Wilkins Freeman

Jimmy l'épouvantail menait une vie bien triste en hiver car il n'était d'absolument aucune utilité ! Et quand arriva le moment de Noël, son cœur manqua de se briser.

En effet, la veille de Noël, le Père Noël arriva dans son traîneau regorgeant de cadeaux.

Il se dirigea vers la ferme où vivaient Betsy et sa tante Hannah. Sous son bras, pressée contre le col de fourrure de son grand manteau, le Père Noël portait une jolie poupée qui ressemblait à un nouveau-né. Quand le pauvre Jimmy l'épouvantail vit apparaître le brave homme, son cœur fit un bond dans sa poitrine.

« Père Noël, s'il vous plaît, donnez-moi un petit cadeau ! Je me suis bien comporté tout l'été, j'ai bien empêché les corbeaux de manger le blé », plaida le malheureux épouvantail, mais le Père Noël ne l'entendit pas et le dépassa sans rien lui donner.

Le lendemain matin, Betsy s'assit à la fenêtre, sa poupée dans les bras, et ses yeux se posèrent sur Jimmy qui se dressait au milieu du champ, seul.

« Tante Hannah ? demanda-t-elle. Est-ce que le Père Noël a apporté un cadeau de Noël à l'épouvantail ?

– Non, bien sûr que non.

– Si j'étais un épouvantail, je n'aimerais pas qu'on me traite comme ça », rétorqua Betsy.

La neige se mit à tomber à gros flocons. Le vieux manteau déguenillé de l'épouvantail se recouvrit de blanc. Tante Hannah cousit une couverture en patchwork jusqu'au milieu de l'après-midi. Puis elle l'étala fièrement sur le canapé.

« J'en ai fait une pour chaque lit de la maison, et j'en ai donné quatre. Je donnerais celle-ci aussi si je connaissais quelqu'un que cela pourrait intéresser. »

Tante Hannah partit rendre visite à sa sœur, qui vivait plus bas sur la route. Après son départ, Betsy mit son petit châle rouge et se précipita dans le champ pour aller voir Jimmy l'épouvantail. Blottie sous son châle, elle portait sa toute nouvelle poupée.

« Joyeux Noël ! dit-elle à Jimmy l'épouvantail.

– Joyeux Noël à toi aussi », répondit Jimmy.

Betsy regarda le vieux chapeau de l'épouvantail sur lequel pendaient des glaçons, et son vieux manteau chargé de neige.

« Je t'ai apporté un cadeau de Noël », dit-elle, et sur ces mots, elle attrapa sa poupée et la glissa à l'intérieur du vieux manteau de Jimmy.

« Merci... dit Jimmy l'épouvantail.

– Garde-la bien sous ton manteau, pour qu'elle ne soit pas mouillée par la neige.

– J'y ferais très attention, promit Jimmy l'épouvantail.

– Tu n'as pas froid dans ce vieux manteau d'été ? demanda Betsy.

– Si je pouvais faire un peu d'exercice, cela me réchaufferait, répondit Jimmy en frissonnant tandis que le vent agitait ses haillons.

– Attends juste une minute ! » dit Betsy, et elle repartit vers la maison en courant, laissant Jimmy l'épouvantail seul au milieu du champ. Mais très vite, Betsy fut de retour avec la couverture biscornue de tante Hannah.

« Voilà quelque chose pour te garder bien au chaud, dit-elle en enroulant

l'épouvantail dans la couverture. Tante Hannah voulait justement la donner au premier qui la voudrait. Bon, allez, au revoir ! »

Et elle retraversa le champ en courant, laissant Jimmy l'épouvantail avec la couverture et la poupée.

Pendant près d'une heure, Jimmy l'épouvantail se sentit plus heureux qu'il ne l'avait jamais été dans toute sa vie. Mais bientôt, la neige se transforma en pluie, et la couette biscornue fut vite complètement trempée. Pire encore : c'était aussi le cas de son manteau et de la malheureuse poupée.

Soudain, Jimmy entendit de nouveau les cloches du traîneau du Père Noël.

« Père Noël ! Cher Père Noël ! » s'écria Jimmy l'épouvantail.

Cette fois, le Père Noël l'entendit.

« Qui est là ? cria le Père Noël dans l'obscurité.

– C'est Jimmy l'épouvantail ! »

Le Père Noël descendit de son traîneau.

« Qu'as-tu donc sur le dos ? demanda le Père Noël. Voilà une couverture bien farfelue. Et que dissimules-tu sous ton manteau ?

– C'est la poupée que Betsy m'a donnée, mais je crains qu'elle n'ait péri, sanglota le pauvre Jimmy l'épouvantail.

– Ne t'inquiète pas, dit le Père Noël. Monte dans le traîneau et viens avec moi au pôle Nord !

– Vous êtes très ennuyé par les corbeaux au pôle Nord ? demanda l'épouvantail.

– Non, admit le Père Noël, ce sont les explorateurs de l'Arctique que je voudrais que tu fasses fuir loin du pôle Nord. C'est beaucoup plus important que d'effrayer les corbeaux pour les éloigner du blé. Allez, viens : je suis pressé.

– Je veux bien venir, mais à deux conditions, répondit Jimmy. D'abord, je veux faire un cadeau à tante Hannah et à Betsy au prochain Noël.

– Tu pourras leur faire tous les cadeaux que tu veux. Quoi d'autre ?

– Il faudrait que vous trouviez un moyen d'éloigner les corbeaux du champ de blé l'été prochain, continua Jimmy l'épouvantail.

– Ça, c'est facile, répondit le Père Noël. Attends juste une minute. »

Sa lanterne à la main, le Père Noël se

dirigea vers l'un des poteaux de la clôture et y grava un message à l'attention des corbeaux.

« Le blé sera en sécurité maintenant, dit le Père Noël. Allez, grimpe. »

Jimmy monta dans le traîneau et ils s'envolèrent par-delà les champs.

DES MOMENTS MAGIQUES

Le lendemain matin, à la ferme, quand tante Hannah et Betsy regardèrent par la fenêtre, elles furent très surprises de découvrir que l'épouvantail avait disparu, tout comme la poupée et la couverture.

« Il va falloir nous trouver un nouvel épouvantail pour l'été prochain », dit tante Hannah.

Mais quand l'été arriva, elles n'eurent pas besoin de trouver un nouvel épouvantail, car pas un seul grain ne fut volé par les corbeaux.

« Vraiment, je ne comprends pas pourquoi aucun corbeau ne s'approche jamais de notre champ de blé : c'est là un grand mystère... » dit tante Hannah.

Et quand Noël arriva, elle se retrouva face à un nouveau mystère – encore plus incroyable que le premier.

En effet, le matin de Noël, Betsy et elle découvrirent chacune un étrange cadeau dans le salon. Le cadeau de tante Hannah était son ancienne couverture, qui avait été entièrement défaite et recousue après que chaque pièce ait été retaillée pour devenir un carré parfait. Maintenant toutes s'ajustaient à la perfection.

Le cadeau de Betsy était la poupée qu'elle avait reçue lors du Noël précédent – si ce n'est qu'elle avait maintenant un an de plus ! Elle avait grandi de près de trois centimètres, et avait même des jambes articulées pour pouvoir marcher.

Mais ni tante Hannah ni Betsy ne se doutèrent jamais que la couverture et la poupée leur avaient été offertes par un épouvantail – leur épouvantail…

Comment Jeannot Grillon aperçut le Père Noël

Un extrait du livre *Des Fées bienveillantes* de Johnny Gruelle

Quand le premier gel arriva, enveloppant les feuilles de sa gangue étincelante, maman Grillon, papa Grillon, Jeannot Grillon et grand-père Grillon décidèrent qu'il était temps de déménager dans leur résidence d'hiver.

Papa, maman et grand-père Grillon se chargèrent du transport des choses lourdes comme les meubles, tandis que Jeannot

Grillon portait les choses plus légères, comme les portraits de famille, les lunettes de vue, les verres, les couteaux, les fourchettes, les cuillères et son petit violon.

Tante Cathy Phit se chargea de pousser la petite sœur de Jeannot, Minie, dans sa poussette de petit grillon. Elle aida ensuite maman Grillon à dérouler les tapis et à laver les murs. En effet, la résidence d'hiver de la famille Grillon était située dans la cheminée d'une grande maison ancienne dont les murs étaient très poussiéreux, et il y régnait un désordre monstrueux.

Mais maman Grillon et tante Cathy Phit ne tardèrent pas à tout remettre en ordre, et très vite la maison d'hiver fut tout aussi propre et soignée que la résidence qu'ils occupaient en été – celle qui se trouvait en dessous du rosier.

La famille Grillon était tout à fait à son aise

dans sa résidence d'hiver, qui offrait tout le confort dont un insecte pouvait rêver. Quand les nuits étaient froides, les propriétaires de la grande maison ancienne faisaient toujours un feu dans la cheminée, ce qui chauffait agréablement les murs de la résidence d'hiver des Grillons. La petite Minie Grillon pouvait jouer par terre pieds nus sans craindre d'attraper un rhume.

Dans l'un des murs de la résidence d'hiver des Grillons, il y avait une fissure qui donnait sur l'intérieur de la cheminée, permettant ainsi à la lumière du feu d'éclairer leur salon. Papa Grillon pouvait lire le journal d'Insecteville, tandis que Jeannot Grillon jouait les dernières chansons à la mode chez les insectes sur son violon, et que maman Grillon contait une histoire à Minie.

Une nuit, toutefois, les propriétaires de la

grande maison ancienne ne firent pas de feu dans la cheminée. La petite Minie Grillon fut emmitouflée dans des couvertures bien chaudes et bercée jusqu'à ce qu'elle s'endorme, et toute la famille de grillons se coucha dans l'obscurité.

Soudain, Jeannot Grillon fut réveillé par un martèlement sonore. Il se glissa hors du lit et mit ses deux petites bottes rouges. À tâtons, il se dirigea jusqu'à la fissure du mur du salon.

Entendant des éclats de voix et des rires joyeux, Jeannot traversa la fissure en rampant pour regarder ce qui se passait de l'autre côté.

En face de la cheminée, il vit quatre pieds roses surmontés de deux visages rieurs, tandis qu'à quelques bonds de grillon à peine se tenait un très grand homme.

Les quatre pieds roses sautillaient gaiement sur le sol, et Jeannot vit leurs petits propriétaires sauter dans un lit blanc comme neige.

Il vit ensuite le grand homme marcher jusqu'à la lampe et baisser la lumière au minimum, puis il partit.

Jeannot Grillon bondit en bas de la cheminée et commença à explorer la grande salle. La lumière de la lampe était trop faible pour lui permettre de discerner les objets suspendus au plateau de la cheminée. Tout ce qu'il pouvait voir, c'était quatre longues choses noires.

Jeannot Grillon escalada donc les briques et se précipita jusqu'au bord du plateau pour regarder ce qui y était suspendu. Il comprit alors que les grandes choses noires étaient des chaussettes.

Aussitôt, Jeannot regretta de ne pas avoir pris le temps de mettre ses propres chaussettes, car il était pieds nus, et comme il avait dû enlever ses petites bottes rouges pour escalader le flanc de la cheminée, maintenant il avait très froid.

Jeannot Grillon retraversa le plateau et commença à redescendre. Soudain, un grand coup de vent surgit de la cheminée, balayant les chaussettes qui s'envolèrent partout dans la pièce, suivies de près par des flocons de neige.

Un petit tintement de cloche retentit et, alors que Jeannot bondissait derrière l'horloge pour se cacher, il vit une botte sortir de la cheminée. Le petit cœur d'insecte de Jeannot Grillon se mit à faire « boum-boum » dans sa poitrine, comme s'il avait voulu faire la course avec le tic-tac de l'horloge.

De sa cachette, Jeannot Grillon entendit un ou deux petits rires étouffés et un bruit de hochet. Il se glissa jusqu'au bord de l'horloge en prenant garde à rester bien caché. Il abaissa ses antennes dans son dos, et jeta un coup d'œil.

Au départ, tout ce qu'il put voir, c'était deux mains qui remplissaient les chaussettes avec des choses qui tintinnabulaient, mais quand les mains passèrent sous le manteau de la cheminée pour attraper d'autres choses, Jeannot Grillon vit un grand visage rond et souriant, avec une barbe et des moustaches blanches comme la neige.

Jeannot Grillon recula dans l'ombre de l'horloge et y resta jusqu'à ce que tout soit redevenu calme. Puis il se glissa derrière l'horloge et redescendit sur le flanc de la cheminée aussi vite qu'il le pouvait.

Il était maintenant bien trop gelé pour prendre le temps de mettre ses petites bottes rouges, alors il se contenta de les attraper au passage, remonta à toute vitesse jusqu'à la fissure de la cheminée et sauta dans son lit.

Le matin venu, maman Grillon eut bien du mal à réveiller Jeannot. Il bâilla et s'étira, enfila une chaussette, se frotta les yeux, bâilla, enfila son autre chaussette et bâilla à nouveau. Encore tout ensommeillé, il eut du mal à garder les yeux ouverts tandis qu'il enfilait ses petites bottes rouges.

Mais quand il enfonça son pied dans la première

botte, son orteil entra soudain en contact avec quelque chose de dur. Il bâilla, se frotta les yeux et regarda dans la chaussure. Oui, il y avait bien quelque chose dans la botte de Jeannot Grillon ! Il attrapa l'autre botte. Elle aussi était remplie ! De bonbons !

En poussant un cri extrêmement sonore pour un si petit grillon, Jeannot se précipita dans la cuisine pour montrer ses bonbons à maman Grillon.

Alors, Jeannot Grillon raconta à maman Grillon l'aventure captivante qu'il avait vécue la nuit précédente.

Maman Grillon appela papa Grillon et tous deux se mirent à rire quand Jeannot leur expliqua à quel point il avait été surpris en voyant un vieux monsieur à la barbe et aux moustaches blanches en train de remplir les chaussettes suspendues à la cheminée.

« Mais voyons, Jeannot ! dirent papa et maman Grillon. Ne sais-tu donc pas de qui il s'agit ? C'est le Père Noël. Cela fait quatre ans qu'il vient chaque année remplir les chaussettes la nuit avant Noël. Il a dû voir tes petites bottes rouges, et c'est pour ça qu'il les a remplies de bonbons elles aussi. Si tu jettes un coup d'œil par la fissure dans la cheminée, tu pourras voir les enfants des propriétaires de la grande maison en train de jouer avec tous les cadeaux que le Père Noël leur a apportés. »

Et c'est bien le spectacle qui s'offrit à ses yeux ravis.

Les Assistants du Père Noël

Un extrait du livre
La Vie et les aventures du Père Noël de L. Frank Baum

Dans cette histoire, le Père Noël peut compter sur ses assistants, quatre pixies (des lutins) appelés Calé, Pierre, Nucifère et Phouphou.

C'était la veille de Noël, et les rennes venaient de bondir tout en haut d'un bâtiment flambant neuf, quand le Père Noël eut soudain la surprise de constater que la cheminée était beaucoup plus étroite que d'habitude. N'ayant pas vraiment le temps de réfléchir à la question, il retint son souffle pour se faire aussi mince que possible, et se glissa dans l'étrange cheminée.

« Je devrais déjà être en bas, à présent », se dit-il tandis qu'il continuait à glisser.

Mais cette cheminée semblait ne pas avoir de foyer, comme le Père Noël le constata en arrivant au bout de son étrange conduit, qui débouchait au beau milieu de la cave.

« Voilà qui est étrange ! S'il n'y a pas de foyer, à quoi peut bien servir cette drôle de cheminée ? »

Il ne lui restait plus qu'à remonter, et il trouva la tâche

bien compliquée. Que ce conduit était donc étroit !

Tout en remontant, le Père Noël remarqua un mince tuyau rond qui partait sur le côté de la cheminée, sans pour autant parvenir à déterminer à quoi il servait.

Enfin, il atteignit le toit et dit à ses rennes : « Cela ne servait à rien que je rentre dans cette cheminée, car nulle part je n'ai pu trouver de foyer par lequel entrer dans la maison. Je crains que les enfants qui vivent ici soient contraints de se passer de jouets cette année. »

Le Père Noël ne savait pas encore que les poêles venaient d'être inventés et qu'ils se répandaient partout à vitesse grand V.

L'année suivante, le Père Noël fut confronté à un nombre encore plus grand de nouvelles cheminées dépourvues de foyers, et l'année suivante, il y en eut encore plus. La troisième

année, les cheminées étroites étaient devenues si nombreuses que, lorsque sa tournée fut finie, il avait encore des jouets dans son traîneau. Il n'avait pas réussi à les distribuer malgré tous ses efforts, parce qu'il ne pouvait plus pénétrer dans un grand nombre de maisons.
Le problème avait pris de telles proportions qu'il inquiétait beaucoup le brave homme, et il décida d'en discuter avec Calé, Pierre, Nucifère et Phouphou.

Calé savait déjà de quoi il s'agissait. En effet, il avait pour mission de faire le tour de toutes les maisons peu avant Noël afin de collecter toutes les lettres au Père Noël que les enfants avaient écrites en détaillant ce qu'ils voulaient trouver dans leurs chaussettes ou sous leur sapin.

« Eh bien, dit Phouphou en riant, nous devons abandonner l'idée d'utiliser ces nouvelles cheminées et trouver une nouvelle façon de nous introduire dans ces maisons !

– Mais laquelle ? demanda le Père Noël.

– Ma foi, les murs de brique, de bois et de plâtre n'arrêtent pas les créatures magiques, continua Phouphou. Je peux facilement passer au travers à volonté, tout comme Pierre, Nucifère et Calé. N'est-ce pas, mes amis ?

– Je traverse souvent les murs quand je vais chercher les lettres, dit Calé. En fait, le plus simple serait de nous emmener lors de votre prochain voyage. Quand nous arriverons à l'une de ces maisons équipées d'un poêle au lieu d'une cheminée, c'est nous qui irons distribuer les jouets des enfants.

– Je pense que c'est un excellent plan ! répondit le Père Noël, très heureux d'avoir résolu le problème. Nous essaierons dès l'année prochaine. »

C'est ainsi que, la veille du Noël suivant, les pixies montèrent tous les quatre dans le traîneau, aux côtés de leur maître. Ils n'eurent aucun mal à entrer dans les maisons modernes dotées d'un poêle et à y déposer les jouets destinés aux enfants qui vivaient là.

L'expédition fut un succès et, depuis ce jour, les quatre petits pixies accompagnent le Père Noël dans sa course annuelle, afin de l'aider à distribuer ses cadeaux.

C'est à peu près à ce moment que le Père Noël découvrit que, pour tous les parents, il était très important qu'il leur rende visite la veille de Noël afin de déposer des cadeaux pour leurs enfants.

Alors, pour alléger sa tâche qui commençait à devenir très ardue – même avec ses quatre assistants ! –, le Père Noël décida de demander aux parents de l'aider.

« Préparez vos sapins de Noël avant ma venue, leur dit-il. Comme ça, je serai en mesure de distribuer les cadeaux sans perte de temps, et vous pourrez les suspendre au sapin quand je serai parti. »

À d'autres, il dit :

« Veillez à ce que les chaussettes des enfants soient déjà suspendues avant mon passage, afin que je puisse les remplir en un clin d'œil. »

Et souvent, lorsque les parents étaient bons et complaisants, le Père Noël se contentait de leur lancer son lot de cadeaux en leur laissant le soin de remplir les chaussettes de leurs enfants tandis qu'il s'éloignait dans son traîneau.

« Je vais faire de tous les parents aimants mes assistants, s'écria le vieux gaillard. Tous vont m'aider à faire mon travail. Ainsi, je pourrais économiser de précieuses minutes dans chaque maison, et plus aucun enfant ne sera négligé par manque de temps ! »

En plus des nombreux lots qu'il emportait

dans son traîneau rapide comme le vent, le Père Noël commença à envoyer de grandes quantités de jouets aux magasins de jouets, afin que les parents qui voulaient en offrir d'autres à leurs enfants puissent s'en procurer facilement.

Et si, par hasard, le Père Noël oubliait un enfant lors de sa ronde annuelle, ses parents pouvaient toujours se rendre dans un magasin de jouets pour en acheter afin que leur bambin soit heureux et satisfait.

Peut-être comprenez-vous mieux maintenant comment le Père Noël s'y prend pour distribuer de beaux cadeaux à tous les enfants partout dans le monde malgré leur grand nombre. À vrai dire, il est devenu plutôt rare de croiser ce charmant vieux monsieur. Mais je vous assure que ce n'est pas parce qu'il cherche à se cacher. Ce qu'il y a, c'est qu'il est tellement occupé à fabriquer des jouets toute l'année, et si pressé la nuit de Noël quand il passe de maison en maison avec ses paquets, qu'il va et vient parmi nous à la vitesse de l'éclair. Il est presque impossible de l'apercevoir !

Et, bien qu'il y ait aujourd'hui des millions d'enfants de plus dans le monde que lorsqu'il a commencé, le Père Noël ne s'est jamais plaint de leur nombre qui ne cesse d'augmenter.

Au contraire, il aime répéter :

« Dans le monde entier, il n'y a rien d'aussi beau qu'un enfant heureux. »

Et s'il pouvait décider de tout, tous les enfants seraient heureux.

Le Sourire d'André Chiffon

Un extrait du livre
Les Aventures d'André Chiffon de Johnny Gruelle

Le sourire d'André Chiffon avait disparu. Pas entièrement, mais suffisamment pour qu'il semble n'avoir plus qu'un demi-visage. Si l'on regardait André Chiffon par la gauche, on pouvait voir son sourire. Toutefois, si l'on regardait André Chiffon par la droite, on ne pouvait plus voir son sourire. Le sourire d'André Chiffon avait donc disparu.

Ce n'était pas la faute d'André Chiffon. Il se sentait tout aussi heureux et joyeux que d'habitude.

Et sans doute ne se serait-il aperçu de rien si les autres poupées ne lui avaient pas dit qu'il ne lui restait plus que la moitié de son sourire.

Ce n'était pas non plus la faute de Marcella. Comment aurait-elle pu savoir que Dickie allait donner du jus d'orange à André Chiffon, effaçant ainsi plus de la moitié de son sourire joyeux ?

D'ailleurs, en plus d'effacer la moitié du sourire d'André Chiffon, le jus d'orange avait laissé une grande tache brune sur son visage.

Quand elle découvrit ce que Dickie avait fait, Marcella en fut très peinée. Dickie en fut peiné également, mais uniquement parce qu'on lui avait repris André

Chiffon et qu'il ne pouvait plus lui donner de jus d'orange.

Cette nuit-là, Marcella cajola André Chiffon bien plus que ses autres poupées. Cependant, elle suspendit une toute petite chaussette pour chacune d'entre elles, et sortit une petite assiette en porcelaine pour chacune de ses poupées miniatures, qu'elle déposa à côté de la petite boîte à bobines qui leur servait de lit. Car c'était la veille de Noël, et Marcella espérait que le Père Noël verrait les toutes petites chaussettes et qu'il déposerait un petit cadeau dedans pour chacune des poupées.

C'est à ce moment-là, alors que la maison était devenue silencieuse, que la poupée française dit à André Chiffon que la plus grande partie de son sourire avait disparu.

« Vraiment ! dit André Chiffon. Pourtant,

je peux encore le sentir. Il doit encore être là.

– Mais non, il s'est vraiment effacé ! dit oncle Clem. C'est à cause du jus d'orange.

– Eh bien, je me sens tout aussi heureux qu'avant, dit André Chiffon. Et si on jouait à un jeu très amusant ?

– Peut-être que nous ferions mieux de te laver le visage », dit Anne Chiffon, toujours pragmatique.

Quand ils étaient seuls, elle se comportait toujours comme une mère envers les autres poupées.

« Cela ferait plus de mal que de bien, dit la poupée française à Anne Chiffon. Un jour, je me rappelle, on a renversé du jus d'orange sur ma belle robe blanche – eh bien, on n'a jamais réussi à faire partir la tache.

– C'est bien dommage, dit Henny, la poupée néerlandaise. Le sourire joyeux d'André Chiffon va nous manquer quand on le regardera en face...

– Il faudra te mettre sur ma droite si tu veux voir mon sourire ! dit André Chiffon. Mais je voudrais que vous compreniez bien, tous, que je souris toujours autant qu'avant – même si ça ne se voit pas. »

Et sur ces mots, André Chiffon se saisit de l'oncle Clem et de Henny et se rua vers la porte de la chambre, suivi par toutes les autres poupées.

André Chiffon avait l'intention de sauter dans les escaliers et de les descendre en faisant des roulades, car il savait que ni lui, ni oncle Clem, ni Henny ne risquaient d'en souffrir.

Mais alors qu'ils étaient presque arrivés à la porte, ils se laissèrent brusquement tomber par terre, car ils venaient de s'apercevoir que, derrière, un homme les observait.

André Chiffon, oncle Clem et Henny s'arrêtèrent si soudainement qu'ils tombèrent les uns sur les autres. Comme il tirait ses deux amis, André Chiffon était en tête, et il ne put s'empêcher de glisser jusqu'aux pieds de l'homme.

Un rire joyeux accueillit son arrivée impromptue, et une main potelée ramassa André Chiffon avant de le retourner.

André Chiffon leva les yeux et découvrit un visage rond et joyeux, avec un petit nez et des joues rouges, arborant fièrement une barbe et des moustaches aussi blanches que la neige.

Le petit homme replet entra dans la chambre d'enfants, ramassa toutes les poupées et les regarda. Il marchait sans faire le moindre bruit, ce qui était la raison pour laquelle les poupées ne l'avaient pas entendu monter l'escalier.

Le petit homme à la barbe blanche comme

neige mit toutes les poupées en rang, et d'une petite boîte qu'il tira de sa poche, il sortit une petite bouteille et une petite brosse. Il plongea la petite brosse dans la petite bouteille et toucha le visage de chacune des poupées avec.

Il avait volontairement gardé le visage d'André Chiffon pour la fin. Alors, tandis que toutes les poupées observaient la scène, le joyeux petit homme à la barbe blanche toucha le visage d'André Chiffon avec le liquide magique.

La tache de jus d'orange disparut, et les joues roses et le joyeux sourire d'André Chiffon réapparurent à la place.

Ensuite, le petit homme jovial tourna André Chiffon pour qu'il se retrouve face à toutes les autres poupées, et André put constater qu'elles avaient toutes de nouveau les joues roses et un visage comme neuf. On aurait dit qu'elles étaient toutes flambant neuves. Même la tête fêlée de Susan avait été réparée comme par magie.

Henny, la poupée néerlandaise, fut tellement surprise qu'elle en tomba à la renverse. Ensuite, le petit homme déposa un petit quelque chose dans chacune des petites chaussettes de poupée, ainsi que dans chacune des minuscules assiettes en porcelaine.

Puis, aussi silencieusement qu'il était arrivé, il repartit. André Chiffon l'entendit rire dans sa barbe tandis qu'il descendait les escaliers.

Sur la pointe des pieds, André Chiffon revint vers la porte, puis s'aventura dans le couloir pour jeter un coup d'œil. Il fit alors signe aux autres poupées de venir regarder.

Là, du haut de l'escalier, ils virent le petit homme blanc barbu et joyeux prendre de jolies choses dans un grand sac et les déposer devant la cheminée.

« Il ne sait pas qu'on le regarde », se dirent toutes les poupées sans oser parler.

Mais lorsque le petit homme eut terminé, il se retourna vers les poupées et se mit à rire car, bien sûr, il savait parfaitement qu'elles le regardaient depuis le début.

Ensuite, le petit homme balança son sac sur son épaule, et sur un petit sifflement, il s'éleva dans la cheminée et disparut.

Quand elles revinrent dans la chambre, les poupées restèrent silencieuses. Elles s'assirent pour réfléchir à ce qui s'était passé.

Et tandis que les poupées étaient assises là à réfléchir, elles entendirent distinctement retentir le tintement de minuscules grelots – diling, diling, diling, diling !

Le bruit s'affaiblit petit à petit tandis que l'homme disparaissait dans la nuit.

Toujours sans dire un mot, toutes les poupées montèrent dans leurs lits, là où Marcella les avait laissées, et tirèrent leur couverture jusqu'au menton.

Et parmi elles, il y avait André Chiffon, avec ses petits yeux en bouton fixés sur le plafond, et un sourire sur le visage – et pas un demi-sourire, cette fois-ci, mais un grand sourire épanoui.

Petit Papa Noël

De Raymond Vincy

C'est la belle nuit de Noël
La neige étend son manteau blanc
Et les yeux levés vers le ciel
À genoux les petits enfants
Avant de fermer les paupières
Font une dernière prière

Petit papa Noël
Quand tu descendras du ciel
Avec des jouets par milliers
N'oublie pas mon petit soulier

Mais avant de partir
Il faudra bien te couvrir
Dehors tu vas avoir si froid
C'est un peu à cause de moi
Il me tarde tant que le jour se lève
Pour voir si tu m'as apporté
Tous les beaux joujoux
Que je vois en rêve
Et que je t'ai commandés

Petit papa Noël
Quand tu descendras du ciel
Avec des jouets par milliers
N'oublie pas mon petit soulier

Des moments magiques

Le marchand de sable est passé
Les enfants vont faire dodo
Et tu vas pouvoir commencer
Avec ta hotte sur le dos
Au son des cloches des églises
Ta distribution de surprises

Petit papa Noël
Quand tu descendras du ciel
Avec des jouets par milliers
N'oublie pas mon petit soulier

Si tu dois t'arrêter
Sur les toits du monde entier
Tout ça avant demain matin
Mets-toi vite, vite en chemin
Et quand tu seras sur ton beau nuage
Viens d'abord sur notre maison
Je n'ai pas été tous les jours bien sage
Mais j'en demande pardon

Petit papa Noël
Quand tu descendras du ciel
Avec des jouets par milliers
N'oublie pas mon petit soulier
Petit papa Noël...

Noël sous la neige 160

Le Bonhomme de neige de Petit Jimmy 171

L'Aventure du sapin de Noël 183

FÉERIE HIVERNALE

Des Anges dans la neige 194

Le Sapin de Noël des castors 204

Le Bois sauvage en hiver 212

Vive le vent 225

Noël sous la neige

Un extrait du livre *Le Drôle de Noël de Kristie*
d'Olive Thorne Miller

*Willy et sa famille vivent dans
la région des Prairies, au Canada.*

Noël était sur le point d'arriver, et monsieur Barnes se préparait à partir pour le village le plus proche.

« N'oublie pas le repas de Noël, Papa, dit Willy.

– Je n'aime pas du tout l'idée que tu partes, Georges, dit madame Barnes avec inquiétude. On dirait qu'une tempête arrive. Si c'est le cas, surtout, reste en sécurité dans le village jusqu'à ce qu'elle soit terminée. Nous pouvons très bien nous débrouiller tout seuls pendant quelques jours, n'est-ce pas, Willy ?

– Oh, oui ! Ne t'inquiète pas, Papa, je prendrais bien soin de Maman, répondit Willy.

– Eh bien, Willy, je compte sur toi pour prendre soin de ta mère et pour concocter un repas de Noël digne de ce nom si je ne rentre pas à temps », lança Papa tandis que son fidèle vieux cheval se mettait en route.

Madame Barnes observa anxieusement le ciel, où des nuages bas et lourds se rassemblaient lentement, et rentra dans leur confortable petite cabane en rondins.

« Willy, dit-elle, je suis sûre qu'il va y avoir une tempête. Il vaudrait mieux que tu prépares suffisamment de bois pour tenir deux ou trois jours.

– J'aimerais que le village ne soit pas si loin », dit Willy en revenant avec un premier chargement.

Madame Barnes regarda par la fenêtre. Des flocons de neige épars s'étaient mis à tomber en silence.

« Moi aussi, répondit-elle, ou du moins, j'aimerais que Papa n'ait pas à traverser cette terrible prairie. »

Quand le dîner fut débarrassé et le feu soigneusement couvert, toute la petite famille se mit au lit.

Alors, d'un coup, la tempête s'abattit sur eux.

Un vent violent déchira l'air de son cri, et dans son sillage, des millions et des millions de flocons blancs se

mirent à bombarder la maison. Ils s'empilèrent jusqu'à recouvrir l'escalier, puis la porte, puis les fenêtres, puis le toit, jusqu'à ce que la maison disparaisse entièrement sous une couche de neige blanche et uniforme.

La nuit passa et le matin arriva, mais aucune lueur ne perça à travers les fenêtres. Madame Barnes se réveilla à l'heure habituelle, mais comme il faisait encore noir et qu'il n'y avait pas un bruit, elle se rendormit. À ce moment-là, l'horloge sonna, et soudain, elle comprit ce qui se passait.

Dans la région des Prairies, il n'était pas rare de se retrouver enterré sous la neige. Comme ils ne manquaient ni de bois, ni de semoule de maïs, Madame Barnes n'aurait eu aucune raison de s'alarmer si son mari avait été à la maison. Mais une neige assez haute pour enterrer complètement la maison devait avoir fait disparaître tous les points de repère, et elle connaissait suffisamment son mari pour savoir qu'il les chercherait sans relâche jusqu'à ce qu'il les ait trouvés.

« Willy, dit-elle, es-tu réveillé ?

– Oui, Maman, répondit Willy.

– Je pense... Je crains... que nous soyons bloqués par la neige. Allume une bougie et regarde par la fenêtre. »

Willy tira le rideau. La fenêtre était recouverte d'une épaisse couche de neige, jusqu'en haut.

« Oh la la, Maman, s'écria-t-il. Comment Papa va-t-il pouvoir nous retrouver ? Et qu'allons-nous faire ?

– Nous allons faire de notre mieux », répondit-elle.

Ils prirent leur petit déjeuner à la lueur des

chandelles, et firent de même pour leur déjeuner et leur dîner, sans jamais entendre le moindre bruit en provenance du monde extérieur.

La petite maisonnée avait bien du mal à garder le moral. Le soir qui arrivait était celui de la veille de Noël, et il n'y aurait pas de dîner de réveillon cette année.

Soudain, Willy eut une idée pour remonter le moral des troupes : il était certain que cela allait marcher. Il alla chercher un piège qu'il avait vu traîner dans un coin du grenier, puis l'installa soigneusement sur la neige et éparpilla des miettes de pain de maïs à l'intérieur.

Il revint une demi-heure plus tard et à sa

grande joie, il découvrit qu'il avait attrapé un lapin en quête de nourriture. En un tour de main, il acheva le lapin, puis remit le piège en place. Et quand il revint, il vit qu'il avait attrapé un autre lapin ! Il n'en attrapa pas d'autre, mais parvint à piéger un couple d'oiseaux migrateurs. Avec grand soin, Willy les installa dans un coin du grenier, le piège tenant lieu de cage, et il leur donna de la nourriture et de l'eau en abondance.

Il décida que ces oiseaux seraient le cadeau de Noël de ses sœurs, et que les lapins serviraient à préparer une délicieuse tourte. Par contre, il n'était pas question de bûche aux pruneaux.

Mais après que les filles se soient endormies, des larmes roulant encore sur leurs joues à la pensée du triste Noël qui s'annonçait, Willy s'empressa de demander à sa mère :

« Dis-moi, maman, crois-tu que tu pourrais te débrouiller pour faire une bûche de Noël avec ce que tu as, en ajoutant peut-être des noix de caryer ? Il en reste quelques-unes dans le grenier.

– Eh bien, peut-être bien que oui, répondit sa mère. Si seulement j'avais des œufs... Cela dit, j'ai entendu dire que le fait d'ajouter de la neige à la pâte rendrait les gâteaux très légers – et la neige, c'est bien la seule chose que nous avons en abondance ! »

Alors, Willy cassa les noix et prépara les deux lapins qui allaient leur tenir lieu de repas de Noël.

« Joyeux Noël ! cria-t-il à ses petites sœurs quand elles se réveillèrent le matin suivant. Venez voir ce que le Père Noël vous a apporté ! »

Avant même d'avoir eu le temps de comprendre ce qui se passait, les filles reçurent leur cadeau : un oiseau chacune. Il fut décidé que ces oiseaux ne réintégreraient jamais leur cage et qu'ils seraient laissés en liberté dans la maison, mais aussi qu'ils seraient libres de s'en aller s'ils le souhaitaient une fois l'été venu.

Les animaux étaient rares dans la prairie, et les filles étaient absolument ravies.

Elles en oublièrent le repas de Noël et s'empressèrent de s'habiller et de nourrir leurs oiseaux. Ces derniers se laissèrent volontiers apprivoiser, car ils avaient faim.

Mais au bout d'un moment, les petites filles finirent par remarquer les préparatifs du repas.

Maman venait de terminer la pâte et elle était en train de l'étaler dans un plat creux, qu'elle se mit ensuite à garnir avec quelque chose qui ressemblait à du poulet, avant de recouvrir l'ensemble d'une autre couche de pâte et de le mettre au four.

Mais ce n'était pas tout.

Maman prit encore un peu de semoule de maïs et elle y ajouta du sucre et des noix, puis Willy lui apporta une tasse de neige, qu'elle battit comme on bat les blancs d'œufs. Elle mit ensuite la bûche dans le four et très vite, elle se mit à lever, tandis que la tourte exhalait des odeurs absolument exquises.

Quand la table fut mise et que le repas fut servi, Willy courut jusqu'au grenier pour regarder par la lucarne.

– Willy ! lança alors une voix depuis l'extérieur. Saurais-tu me dire où est passée notre maison ?

– Oh, elle est là ! s'écria Willy. Sous la neige.

– Eh bien, mon fils, dit Papa après avoir un peu peiné pour entrer. On dirait que tu as bien pris soin de Maman, et en plus, tu as réussi à préparer un repas qui a l'air délicieux ! »

Et ce fut le cas – même la bûche à la neige fit l'unanimité. Quand ils eurent fini de manger, monsieur Barnes donna à ses enfants les cadeaux qu'il avait apportés, mais pour les deux fillettes, rien ne pouvait égaler leurs deux oiseaux vivants. Après le repas, Willy et Papa s'employèrent à creuser des tunnels dans l'épaisse couche de neige. Et jusqu'au moment où celle-ci commença à fondre, les enfants s'amusèrent beaucoup dans leurs petits igloos.

Le Bonhomme de neige de Petit Jimmy

De John Kendrick Bangs

La neige tombait à gros flocons depuis près de quarante-huit heures, ce qui rendait Petit Jimmy fou de joie. Son père était en train de lui faire un bonhomme de neige avec des yeux en bouton et un vieux chapeau cabossé sur la tête.

Quand le bonhomme de neige fut terminé, Petit Jimmy poussa des cris de joie pendant plus d'une heure, puis il repartit vers sa chambre en courant pour se reposer.

Au bout d'un certain temps, Petit Jimmy courut à la fenêtre pour voir si le bonhomme de neige allait bien, mais à sa grande surprise, il s'aperçut que celui-ci avait disparu. Il était impossible qu'il ait fondu, le petit garçon en était certain, car il faisait maintenant encore plus froid qu'au moment où Papa lui avait fait le bonhomme de neige.

« C'est vraiment étrange ! se dit Petit Jimmy. Il était là il n'y a pas dix minutes. »

Soudain, la sonnerie de la porte retentit. C'était le bonhomme de neige !

« Tu veux entrer ? »

demanda Petit Jimmy.

Le bonhomme de neige regarda Petit Jimmy et lui dit :

« Ah non, je ne passerai pas cette porte, surtout pas : j'ai déjà essayé auparavant, une ou deux fois.

– Ah... Et ça ne te plait pas, chez moi ? demanda Petit Jimmy.

– Oh si, mais la dernière fois que j'ai mis les pieds ici, j'ai perdu un pied, mon nez et une oreille aussi.

– Tu fais toujours des rimes quand tu parles ? demanda Petit Jimmy, surpris.

– Toujours, sauf quand je parle en prose, dit le bonhomme de neige. Mais ne reste pas là avec la porte ouverte : tu es en train de laisser sortir toute la chaleur. Si tu veux me parler, mieux vaudrait aller à l'extérieur.

– Très bien, dit Petit Jimmy. J'arrive, si tu

veux bien attendre que j'aille enfiler des vêtements chauds.

– Très bien, je t'attends, répondit le bonhomme de neige. Je vais t'emmener jusqu'à l'endroit où je vis et te présenter mes enfants. Mais il va falloir te dépêcher. Si le dégel arrivait, nous risquerions de nous retrouver en difficulté. »

Quand Petit Jimmy revint, le bonhomme de neige l'accueillit avec un grand sourire et, le prenant par la main, il l'entraîna sur la route.

« Je suis content que tu ne te sois pas offusqué du fait que je refuse de rentrer dans ta maison, dit le bonhomme de neige. Une fois, un petit garçon m'a demandé d'entrer dans sa maison. Je suis entré chez lui sans me douter que sa maison était tellement chaude que je courais le danger de fondre. Le garçon a sorti ses livres d'images pour me les montrer et nous

nous sommes assis devant un feu de bois. Soudain, le petit garçon est devenu aussi blanc que moi, et il s'est écrié : "Qu'est-il arrivé à ta jambe ?" Me croiras-tu, Petit Jimmy, si je te dis qu'au moment où j'ai voulu me lever pour partir à sa recherche, je me suis aperçue que mon autre jambe avait disparu elle aussi ?

– Quelle horreur ! dit Petit Jimmy.

– C'était terrible, répondit le bonhomme de neige, mais je n'étais pas au bout de mes peines. J'ai voulu porter ma main à mon front mais mon bras droit est tombé, et quand j'ai voulu le ramasser avec mon bras gauche, celui-ci est tombé lui aussi. Heureusement, au moment où mon cou a commencé à fondre et où ma tête a roulé sur le sol, le petit garçon l'a ramassée et il l'a jetée par la fenêtre. Sans sa présence d'esprit, j'aurais totalement disparu.

– Tu habites près d'ici ? demanda Petit

Jimmy, qui avait un peu de mal à progresser dans la neige épaisse.

– Quand l'été arrive, je déménage au pôle Nord », répondit le bonhomme de neige.

Petit Jimmy scruta les alentours avec curiosité, et il remarqua bientôt un énorme monticule de neige qui s'élevait sur le côté de la route, droit devant eux.

« La partie que nous habitons reste toujours glacée : elle est refroidie par une sorte d'appareil réfrigérant de ma fabrication, qui consomme environ une demi-tonne de glace par semaine. »

Petit Jimmy se mit à rire.

« C'est une sorte de four à froid, quoi ! dit-il.

– Exactement, répondit le bonhomme de neige. De temps en temps, mes garçons vont courir au Soleil au risque de prendre chaud, mais quand je les asperge d'eau glacée et de crème réfrigérée, ils refroidissent rapidement. Viens, entrons maintenant ! »

Ils venaient d'arriver à côté de l'énorme congère, et Petit Jimmy fut très content de découvrir qu'il y avait une porte sur le flanc de la masse gelée. Le bonhomme de neige l'ouvrit et, ensemble, ils pénétrèrent dans un jardin merveilleusement beau, dont les fleurs givrées et les arbres enneigés étincelaient de mille feux.

Tout au bout du jardin, il y avait une petite maison blanche qui ressemblait à la décoration qui avait orné le dernier gâteau d'anniversaire de Petit Jimmy. Alors qu'ils s'approchaient, une douzaine de petits garçons de neige se précipitèrent vers eux et commencèrent à les bombarder avec des boules de neige.

« On se calme, les garçons ! cria le bonhomme de neige. Je suis venu avec un ami que je voudrais vous présenter. »

Les petits garçons de neige cessèrent aussitôt leur manège, et un à un, ils serrèrent la main de Petit Jimmy. Ils lui montrèrent leurs merveilleux jouets de neige : des chevaux à bascule, des trains sur leurs rails et des petits soldats, tous faits de la même substance cotonneuse dont le bonhomme de neige et ses enfants étaient constitués.

Petit Jimmy joua longtemps avec eux, puis les petits garçons de neige l'invitèrent à faire de la luge.

Soudain, une voix s'éleva de l'intérieur de la maison de glace pour dire aux enfants de rentrer.

« Allez, rentrez maintenant, les garçons, disait-elle. Il commence à faire trop chaud pour que vous continuiez à jouer dehors. »

Petit Jimmy trouva que le bonhomme de neige avait l'air un peu inquiet, mais il supposa

que c'était parce que le plus petit des garçons de neige s'était trop échauffé en jouant : il lui manquait déjà au moins deux doigts et une oreille.

Mais ce n'était pas là le problème, comme le découvrit Petit Jimmy quelques minutes plus tard. En effet, le bonhomme de neige répara l'oreille et les doigts manquants du petit garçon de neige sans difficulté, en modelant une poignée de neige prise dans le jardin. Mais Petit Jimmy devait bientôt apprendre la véritable cause de son anxiété.

Discrètement, le père de la joyeuse petite famille lui fit signe de venir et lui dit en catimini :

« Tu dois rentrer chez toi sur-le-champ. Je suis désolé, mais nous devons partir immédiatement et plus vite que jamais, sinon nous sommes perdus.

– Mais… dit Petit Jimmy.

– Je n'ai pas le temps de t'expliquer pourquoi, continua le bonhomme de neige en rassemblant ses petits garçons de neige à la hâte. Tu n'as qu'à lire cela, et tu comprendras. Adieu ! »

Petit Jimmy ramassa ce que le bonhomme de neige venait de lui montrer. C'était un journal. En en-tête, il y avait une annonce en grosses lettres : « Temps chaud ce soir ».

En lisant ces lignes, Petit Jimmy comprit tout de suite pourquoi ses nouveaux amis avaient dû partir si vite. Il se dirigea vers la porte de la maison de glace et l'ouvrit – et à ce moment-là, que croyez-vous qu'il arriva ?

La porte s'ouvrit sur la chambre de Petit Jimmy, et dès que l'enfant fut entré, elle se referma derrière lui, et soudain… elle n'était plus là !

Tout comme le bonhomme de neige, qui ne réapparut pas le jour suivant. Il n'en restait rien, pas même un bouton, ni même le chapeau cabossé – comme ç'aurait été le cas s'il avait fondu au lieu de déménager…

L'Aventure du sapin de Noël

Un extrait du livre *Capitaine Ted* de Louis Pendleton

À la maison, tout était prêt pour Noël : les tartelettes aux fruits secs, le cake aux fruits confits et la dinde. Très certainement, les cadeaux (qui avaient été soigneusement dissimulés) allaient être nombreux et satisfaisants.

Ne manquait plus que le sapin : Ted et Hubert étaient donc partis en chercher un, et avaient commencé à gravir la longue montée située à l'arrière de la ferme des Ridgway pour rejoindre le bois où poussaient des érables dépourvus de feuilles et des conifères.

Aussi loin que portait l'œil, le paysage était recouvert d'une neige d'un blanc étincelant, mais qui ne mesurait guère plus de cinq centimètres d'épaisseur – sauf dans les congères. Ted tirait un traîneau avec une corde, que les deux jeunes gens comptaient utiliser pour transporter le sapin. Hubert cheminait péniblement à côté de lui, portant une hache lourde et tranchante.

« Tante Marie a dit que nous devions rapporter un joli sapin pas trop grand, et je compte bien chercher jusqu'à ce que nous ayons trouvé le sapin parfait », dit Ted.

Une fois arrivés aux deux tiers de la colline, les garçons firent une halte au bord d'un fossé qui avait été creusé des années plus tôt par un colon entêté persuadé qu'il pouvait y trouver de l'or. La neige qui avait dévalé la pente de la colline venteuse s'était engouffrée dans le grand fossé, recouvrant le fond d'une couche blanche et épaisse.

Les garçons jetèrent un coup d'œil à l'intérieur, puis poursuivirent leur route pour arriver au sommet de la colline.

Ils explorèrent plus d'un tiers de l'étendue des bois avant de trouver exactement le sapin aux ramifications gracieuses qu'ils cherchaient. Il ne leur fallut pas longtemps pour le couper. Ses branches furent entourées d'une corde et son tronc fut solidement fixé au traîneau. Ted et Hubert commencèrent à redescendre la colline.

Ils avaient un bon bout de chemin à faire pour revenir à la ferme, mais la longue pente qu'ils devaient descendre pour y arriver était plutôt douce, et pouvait donc être descendue

en luge. Ted déclara aussitôt que la meilleure façon de rentrer avec leur chargement était de grimper sur le traîneau et de se laisser glisser jusqu'en bas – et Hubert en convint.

« Mais nous avons intérêt à prendre garde au fossé ! » ajouta ce dernier.

Ils entamèrent donc leur descente. Après une

petite course d'élan, ils bondirent sur le traîneau : Ted atterrit à cheval sur le tronc du sapin de Noël, tandis qu'Hubert lançait une exclamation joyeuse en s'agrippant à ses branches.

En poussant de grands cris, ils se mirent à glisser. Ils étaient tellement excités qu'ils en avaient oublié jusqu'à l'existence du fossé. Quand ils heurtèrent un obstacle caché sous la neige qui leur fit faire une embardée vers la gauche, les déviant de leur trajectoire, cela les fit rire.

Quand une autre bosse les dévia encore un peu plus vers la gauche, de nouveau, cela les fit rire. Au troisième incident du même genre, Ted se rendit brusquement compte du risque qu'ils couraient – mais il était trop tard.

Il planta ses talons dans le sol neigeux qui filait sous ses pieds dans l'espoir insensé de modifier leur trajectoire et lança un

« Attention ! » paniqué à l'attention d'Hubert. Celui-ci, dont la vue avait été obstruée par les branches du sapin jusqu'ici, ne réalisa pas tout de suite qu'ils avaient plongé dans le fossé, pas avant de se retrouver en train de patauger tout au fond, à moitié enterré dans une couche de neige heureusement assez épaisse pour amortir leur chute et les préserver des blessures.

Alors, Ted se mit à rire de leurs efforts malhabiles et de la couche de neige qui leur arrivait jusqu'à la taille – mais cela n'amusa pas Hubert.

« Nous avons été un peu fous de tenter la descente », admit Ted.

Il pataugea jusqu'à un endroit où le fond remontait un peu et où la neige ne faisait guère plus de soixante centimètres d'épaisseur, puis tendit la main à Hubert pour l'aider à le rejoindre, avant de tirer le traîneau vers eux : le sapin n'avait pas bougé.

« Comment allons-nous sortir de là, maintenant ? s'interrogea Ted.

– C'est impossible, dit Hubert en

considérant les pentes abruptes du fossé, la mine lugubre.

– Pourtant, il faudra bien qu'on trouve un moyen pour sortir de là, Hub ! Enfin, il y a bien quelqu'un qui va passer par là... »

Mais personne ne passa. Au bout d'un moment, ils se mirent à crier encore et encore, mais personne ne répondit à leur appel. Pendant ce temps, Ted tenta tous les moyens d'évasion auxquels il put penser. Au départ, il proposa de tailler des marches dans le flanc glacé du fossé, mais ils ne parvinrent pas à retrouver la hache. Soit Hubert avait lâché prise pendant que le traîneau dévalait la colline, soit elle était maintenant enterrée quelque part sous la neige profonde qui recouvrait le fond de la fosse.

Ted proposa ensuite de lancer la corde autour d'un arbrisseau situé sur le bord du fossé, près de cinq mètres au-dessus de leurs têtes.

Il détacha le sapin de Noël du traîneau, enroula la moitié de la corde et tenta de la lancer sur l'arbrisseau. Il parvint à atteindre le bord du fossé à plusieurs reprises, mais sans réussir à la passer autour du petit arbre.

« Oh, tout ça ne sert à rien, gémit Hubert. Nous n'arriverons jamais à sortir de là !

– Allons, Hubert, ce n'est pas le moment de baisser les bras, l'exhorta Ted. Les boy-scouts n'abandonnent jamais. Nous allons trouver un moyen de sortir d'ici.

– Mais si nous restons coincés ici jusqu'à demain, nous allons mourir de froid. Je suis déjà presque gelé.

– Hubert, ne fais pas ton bébé, le réprimanda Ted. Tu n'as qu'à sautiller sur place et balancer les bras si tu as froid. »

Hubert se tut. Il agita ses membres

engourdis et concentra son attention sur son compagnon d'infortune, qui se préparait visiblement à tenter autre chose.

Avec son canif, Ted détacha des pierres du flanc gelé du fossé jusqu'à ce qu'il en trouve une autour de laquelle la corde pouvait être solidement attachée. Encore et encore, Ted lança la pierre afin de passer la corde autour de l'arbrisseau – toujours sans résultat. Le Soleil venait de se coucher et les dents d'Hubert s'étaient mises à claquer quand, soudain, alors qu'il était prêt à abandonner, Ted eut l'idée de lancer la pierre à l'aide de ses deux mains et de toutes ses forces, visant un centimètre à droite de l'arbrisseau penché au-dessus du fossé.

Grâce à cette technique, il parvint à lancer la pierre bien plus haut, et au deuxième essai, la pierre chuta de l'autre côté de l'arbre, la corde dans son sillage, avant de retomber dans la main de Ted. Le jeune garçon tendit prudemment la corde et attacha ensemble ses deux extrémités.

Cinq minutes plus tard, Ted était parvenu à s'extirper du fossé. Hubert commença à grimper maladroitement à sa suite, mais Ted insista pour faire d'abord remonter le traîneau et le sapin de Noël. Hubert noua ensuite la corde autour de sa taille et Ted le tira jusqu'en haut.

Ils regagnèrent la ferme en tirant le traîneau et le sapin derrière eux, fiers de s'en être sortis sans aide. Mais plus jamais ils ne glisseront sur cette pente !

Ils allèrent se coucher, épuisés, mais aussi impatients de découvrir leurs cadeaux au pied du sapin !

Des Anges dans la neige

Un extrait du livre *Les Aventures d'André Chiffon* de Johnny Gruelle

« Youpi ! Que c'est bon d'être de retour à la maison ! », dit André Chiffon aux autres poupées, en étendant ses pieds devant le poêle miniature.

Toutes les poupées rirent de l'attitude d'André Chiffon, car elles savaient que le poêle miniature n'était qu'un jouet dans lequel aucun feu n'avait jamais brûlé.

« Nous sommes très contents et très heureux que tu sois de retour à la maison avec nous ! lui dirent-elles.

– Eh bien, répondit André Chiffon en frottant ses mains l'une contre l'autre, vous m'avez tous manqué, et plus d'une fois j'ai souhaité que vous soyez avec moi. »

Voyant qu'André Chiffon continuait de faire mine de se chauffer les mains à la chaleur du petit poêle, l'oncle Clem lui demanda pourquoi il agissait ainsi.

André Chiffon sourit et se renfonça dans son siège.

« Ah oui, dit-il, je n'avais pas remarqué. Pendant mon périple, j'ai passé tellement de temps à faire sécher ma bourre de coton qu'on dirait que c'est presque devenu une habitude.

– Étais-tu donc mouillé si souvent, André Chiffon ? demanda la poupée française.

– Oui, j'étais trempé en permanence, et une fois, j'ai même gelé !

– Tu as gelé ?! s'exclamèrent les poupées en chœur, le souffle coupé.

– Oh oui, j'ai gelé, dit André Chiffon en riant. Regardez ici. »

Il remonta sa manche et montra aux poupées de chiffon l'endroit où son bras avait été raccommodé.

« C'était une sacrée déchirure ! »

Les poupées se réunirent autour d'André Chiffon et examinèrent la marque sur son bras.

« Ça va, maintenant, dit-il en riant. Mais vous auriez dû me voir quand c'est arrivé ! J'étais tellement gelé que je n'étais plus qu'un gros morceau de glace, et quand Marcella a essayé de manipuler mon bras avant qu'il ait complètement dégelé, il a fait : crac ! et il s'est brisé. Alors, on m'a mis dans une casserole d'eau chaude jusqu'à ce que toute la glace ait fondu et, après, on m'a suspendu à un fil au-

dessus du poêle, dans la cuisine de Grand-mère.

– Mais comment as-tu pu te retrouver complètement gélé ? demanda Anne Chiffon.

– De l'autre côté de la route qui passe devant la maison de Grand-Mère, un peu plus loin dans la campagne, il y a un bel étang, expliqua André Chiffon. Quand Marcella et moi sommes partis rendre visite à Grand-Mère la semaine dernière, elle est venue nous chercher en traîneau, car le sol était couvert de neige. L'étang était recouvert de glace, mais cette glace disparaissait sous une couche de neige soyeuse d'un blanc immaculé. C'était magnifique ! Grand-Mère avait une nouvelle luge pour Marcella. Nous nous sommes vraiment beaucoup amusés, car de temps en temps, Marcella renversait la luge, et nous tombions à côté et finissions notre course sur le dos. Ensuite, Marcella m'a montré comment faire des anges dans la neige !

– Oh, dis-nous comment on fait, André Chiffon ! s'écrièrent les poupées.

– C'est très facile, dit André Chiffon. Marcella se couchait dans la neige molle, puis levait les bras de chaque côté de sa tête, avant de les ramener sur le côté, comme ça. »

André Chiffon s'allongea sur le sol de la chambre pour montrer aux poupées comment elle faisait.

« Ensuite, continua-t-il, elle se levait, et dans la neige d'un blanc immaculé, il y avait l'empreinte de son corps et de ses jambes, et là où elle avait effectué ses mouvements de bras, il y avait les ailes de l'ange !

Des Anges dans la neige

– Ça devait vraiment ressembler à un ange ! dit l'oncle Clem.

– En effet, c'était très joli ! répondit André Chiffon. Ensuite, Marcella a continué à faire des anges avec moi, en me posant dans la neige et en agitant mes bras. Alors, vous voyez, entre les chutes de la luge et tous les anges que nous avons faits, Marcella et moi étions tous les deux trempés – mais moi, j'étais aussi trempé à l'intérieur. Mon coton était complètement imbibé d'eau, et j'étais devenu lourd, mais lourd !

Alors que nous nous amusions comme des petits fous, Grand-Mère est sortie de la maison et elle a appelé Marcella pour qu'elle vienne manger un bon beignet. Alors, comme elle pensait revenir très vite, Marcella m'a laissé sur la luge. Je suis resté là jusqu'à ce que je commence à me sentir tout raide, et je pouvais sentir que le coton à l'intérieur de moi était en train de geler.

J'étais encore étendu sur la luge après le coucher du Soleil. Au bout d'un certain temps, j'ai entendu quelqu'un venir vers moi à travers la neige et, dans le noir de la nuit, j'ai vu luire la lumière jaune d'une lanterne. C'était Grand-Mère. Elle a tiré la luge jusqu'à la maison et m'a ramené à l'intérieur.

Marcella ne m'expliqua pas pourquoi elle avait oublié de revenir me chercher, mais par la suite, j'ai découvert que c'était parce qu'elle aussi était complètement trempée. Grand-Mère avait exigé qu'elle change de vêtements et de chaussures, et ne lui avait pas permis de retourner jouer dehors.

Enfin, de toute façon, nous avons remis ça tous les jours : j'étais trempé en permanence ! Mais j'aurais quand même aimé que vous soyez avec moi pour partager ces bons moments. »

FÉERIE HIVERNALE

André Chiffon se pencha de nouveau au-dessus du poêle et recommença à frotter ses mains de chiffon l'une contre l'autre.

Oncle Clem se dirigea vers la corbeille à papier, et revint avec des petits bouts de papier jaunes et rouges. Ensuite, il enleva le couvercle du poêle miniature et déposa le papier à l'intérieur, pour donner l'impression qu'il y avait de vraies flammes.

Alors, tandis que retentissaient les rires joyeux de toutes les poupées, André Chiffon arrêta de se frotter les mains et, sans prévenir, il attrapa Anne Chiffon par la taille. Il se mit à sautiller sur le sol de la chambre avec elle, puis à tourner si vite qu'ils sortirent de la pièce.

Arrivés en haut des escaliers, ils basculèrent tous les deux en avant : bim, bam, boum ! et ils dévalèrent les escaliers en enchaînant les roulades, riant à gorge déployée.

« Le dernier arrivé est un bébé ! » s'écria Anne Chiffon en se relevant précipitamment. Prenant ses jupes dans ses mains de chiffon, elle gravit les marches jusqu'en haut, là où s'étaient regroupées les autres poupées qui n'en pouvaient plus de rire.

« Hourra pour Anne Chiffon ! s'écria généreusement André Chiffon. C'est elle qui a gagné ! »

Le Sapin de Noël des castors

Un extrait du livre *Les Pèlerins des Terres Sauvages* de Grey Owl

Grey Owl est un naturaliste, et Anahareo est sa femme amérindienne. Ils vivent dans une cabane en rondins et ont adopté deux castors, McGinnis et McGinty, comme animaux de compagnie.

J'arrivai à la maison sous une épaisse tempête de neige, et il me fut bien agréable de me glisser enfin dans son intérieur douillet et abrité. Anahareo avait crocheté des bordures de laine aux couleurs vives sur des sacs de sucre blanc, qu'elle avait ensuite fendus et lavés, et qui nous servaient désormais de rideaux, ce qui donnait à la pièce un aspect accueillant et confortable. Anahareo me dit que j'avais beaucoup manqué aux castors. McGinnis en particulier avait semblé toujours à la recherche de quelque chose, et avait passé beaucoup de temps planté devant la porte, les yeux rivés sur la poignée.

Je leur offris les sucres d'orge que je leur avais rapportés. Aussitôt, ils s'assirent et mangèrent, en émettant des petits bruits satisfaits tout à fait inconvenants.

Je sortis et déballai tous les petits achats que le sympathique magasinier m'avait suggéré de faire, en me disant que nous devions nous sentir bien seuls dans les bois, et qu'il tenait à ce que nous ayons un Noël digne de ce nom.

En effet, maintenant que nous nous étions installés dans un pays où Noël était considéré comme une véritable institution, nous avions décidé de célébrer cette fête comme il se devait, et donc d'oublier nos problèmes pendant quelque temps.

Personnellement, j'avais toujours été trop occupé à chasser pour profiter de la saison des fêtes. Mais à présent, j'avais une famille, et nous allions nous aussi nous conformer à cet usage cette année.

Après avoir sculpté quelques planches de cèdre sec, je les peignis avec des motifs indiens et les fixai tout autour de la fenêtre. Si l'on n'y regardait pas de trop près, elles ressemblaient en tout point à des assemblages de perles.

On peignit des ornements ornés d'emblèmes tribaux que l'on suspendit là où la lumière pouvait les éclairer. On installa ensuite deux tapis en peau de daim par terre, que nos deux castors transformèrent instantanément en terrain de jeu. Pour finir, on dissémina des bougies colorées dans des endroits bien visibles un peu partout dans la maison, et on accrocha une lanterne japonaise à la poutre du toit. La veille de Noël, tout était prêt. Mais quelque chose manquait.

Anahareo décréta qu'il fallait un sapin de Noël pour les castors. Alors, pendant que je surveillais la cuisson du râble de cerf qui grésillait et de la bûche de Noël achetée en ville qui finissait de cuire en haut du four, Anahareo prit une hache et des raquettes et sortit dans la nuit de Noël étoilée.

Elle mit un peu plus longtemps à revenir que ce que je pensais et, en jetant un coup d'œil dehors, je l'aperçus soudain debout, non loin de là, aux aguets, l'oreille tendue.

« Entends-tu les cloches de Noël ? »

Elle pointa son doigt vers le ciel. J'écoutai.

Une brise légère s'était levée et soufflait autour de nous, fredonnant dans les cimes des pins loin au-dessus de nos têtes.

Au départ simple chuchotement, son chant gagnait en puissance, s'élevant en petites vagues sonores, puis il redevenait murmure, et s'élevait de nouveau avec un vibrato marqué, avant de s'atténuer encore pour redevenir murmure.

Les pins – nos cloches de Noël.

Anahareo avait réussi à trouver un joli sapin baumier – le symbole même des sapins de Noël – qu'elle coinça en position verticale dans une fissure entre deux planches. Tout en haut, elle plaça une bougie allumée, et sur ses branches, elle accrocha des bonbons, de petits bouts de pomme et d'autres friandises, en les suspendant au bout de petites ficelles.

Les castors avaient assisté à ces préparatifs sans grand enthousiasme mais, attirés par l'odeur du sapin, ils ne pensèrent plus qu'à couper les ficelles et à tirer dessus pour attraper toutes les merveilleuses friandises. Ils se disputèrent les morceaux de choix, se poussant et se bousculant tant et si bien que, de temps à autre, l'un d'eux tombait par terre et s'agitait maladroitement pour se relever le plus vite possible, de peur que l'autre ne gobe tout.

Ils étaient si drôles qu'on en oublia notre repas. On les appela et ils coururent à notre rencontre, tout excités, avant de repartir vers le sapin en émettant des petits bruits fébriles, comme pour dire :

« Regardez ce que nous avons trouvé ! »

Quand ils ne purent plus rien avaler, ils se mirent à emporter les petites friandises pour les stocker, en titubant sur leurs deux pieds, les bras chargés de précieuses petites douceurs qu'ils serraient tendrement contre eux.

Et quand on décida qu'ils en avaient eu assez et que l'on cessa de suspendre des friandises au sapin, McGinty, le plus sage et le plus pragmatique, renversa le sapin et commença à s'éloigner en le tirant derrière lui, visiblement décidé à se l'approprier.

Ce fut une soirée absolument fabuleuse, et

au lieu que ce soit nous qui fassions de ce jour une fête pour nos petits, ce furent eux qui nous régalèrent avec un spectacle de Noël comme on n'en avait jamais vu auparavant.

Le Bois sauvage en hiver

Adapté du livre *Le Vent dans les saules*
de Kenneth Grahame

La Taupe et le Rat vivent ensemble. La Taupe rêve depuis toujours de rencontrer monsieur Blaireau, mais monsieur Blaireau vit dans le Bois sauvage, et le Rat a bien expliqué à Taupe qu'elle ne devait jamais s'y aventurer...

Durant les courtes journées d'hiver, les animaux avaient toujours beaucoup de choses à raconter quand ils se retrouvaient au coin du feu. Cependant, cela ne suffisait pas à remplir les journées de la Taupe, et c'est ainsi qu'un après-midi, elle décida d'aller explorer le

Bois sauvage, espérant avoir la chance de rencontrer monsieur Blaireau.

L'après-midi était calme et froid. La Taupe quitta sa tanière chaude et émergea à l'air libre, puis elle prit la direction du Bois sauvage. Elle y pénétra et, au départ, elle ne vit aucune raison de s'alarmer. Des brindilles craquaient sous ses pieds, des bâtons lui faisaient des croche-pieds, mais tout cela était très excitant !

Puis des visages apparurent.

Le premier, petit et maléfique, la regardait du fond d'un trou. Quand elle se retourna, la chose avait disparu.

La Taupe passa devant un autre trou, puis un autre, puis encore un autre. Un visage étroit avec des yeux sévères apparut l'espace d'un instant avant de disparaître.

« Si je m'éloigne, se dit-elle, ces visages vont très certainement disparaître. »

Elle s'écarta donc du sentier et s'enfonça dans les profondeurs du bois.

C'est alors qu'elle entendit un sifflement.

C'était un bruit faible et strident, qui venait de loin derrière elle. Pourtant, cela la poussa à avancer plus vite. Mais le bruit sembla soudain venir de loin devant elle, ce qui la fit hésiter : devait-elle revenir sur ses pas ? Alors que la Taupe restait immobile à réfléchir, un lapin arriva vers elle en courant. La Taupe ne bougea pas, pensant qu'il allait faire un écart pour l'éviter. Mais au lieu de cela, l'animal ne dévia pas sa trajectoire, et passa si près d'elle qu'il l'effleura.

« Ne reste pas là, sors de ce bois ! » l'entendit murmurer la Taupe tandis qu'il disparaissait dans un terrier.

Paniquée, la Taupe se mit à courir elle aussi. Plusieurs fois, elle se cogna ou trébucha sur des

obstacles.

Finalement, elle se réfugia dans un trou sombre et profond qui perçait le tronc d'un vieux hêtre. Elle était trop fatiguée pour continuer à courir, et ne put que se blottir au milieu des feuilles sèches en espérant qu'elle était en sécurité pour l'instant.

Pendant ce temps, le Rat dormait au coin du feu, à l'aise et bien au chaud. Puis le feu se mit à crépiter, et il se réveilla en sursaut. Il chercha la Taupe des yeux.

Mais celle-ci n'était pas là.

Le Rat sortit de la maison et examina

attentivement le sol autour de l'entrée, espérant repérer les empreintes de la Taupe. Elles étaient là, sans aucun doute, et elles se dirigeaient tout droit vers le Bois sauvage… Le Rat retourna dans la maison, attacha une ceinture autour de sa taille, y glissa une paire de pistolets et se mit en route pour le Bois sauvage.

Le crépuscule commençait déjà à tomber quand il s'enfonça à son tour dans le bois, ne cessant d'appeler :

« Taupounette ! Où es-tu ? C'est moi – le Rat ! »

Cela faisait plus d'une heure qu'il passait le bois au peigne fin quand, enfin, il entendit un faible petit cri en réponse. Il arriva bientôt au pied d'un vieux hêtre dont le tronc était percé d'un trou, et il entendit une petite voix plaintive s'élever à l'intérieur :

« Ratounet ! C'est vraiment toi ? »

Le Rat se glissa dans le trou et trouva la Taupe épuisée et encore tremblante.

« Oh, Rat ! s'écria la Taupe. J'ai eu tellement peur !

– Je n'en doute pas, dit le Rat d'une voix apaisante. Tu n'aurais pas dû venir ici, Taupe. Nous devons nous dépêcher de rentrer à la maison. Nous ne pouvons certainement pas passer la nuit ici, ne serait-ce que parce qu'il va faire beaucoup trop froid.

– Je suis désolée, cher Ratounet, dit la Taupe, mais si tu veux que je parvienne à parcourir tout ce long chemin, il va falloir me laisser me reposer un peu plus longtemps...

– Bon, très bien, dit le Rat, repose-toi ! »

Alors, la Taupe se pelotonna dans les feuilles sèches et sombra dans le sommeil, tandis que le Rat s'enfouissait lui aussi dans les feuilles pour attendre patiemment son réveil.

Quand enfin la Taupe ouvrit les yeux, le Rat lui dit :

« Bon, allez ! Maintenant, il faut vraiment qu'on y aille ! »

Il sortit sa tête du trou. À ce moment-là, la Taupe l'entendit murmurer dans sa barbe :

« Oh la la...

– Que se passe-t-il, Ratounet ? demanda la Taupe.

– Il neige dehors, et pas qu'un peu. Ces flocons sont énormes. Pourtant, il va bien falloir nous mettre en route. Le pire, c'est que je ne sais pas vraiment où nous sommes. »

Au bout d'une heure ou deux – ils avaient perdu toute notion du temps –, ils s'arrêtèrent. La neige devenait tellement haute que leurs petites pattes ne leur permettaient plus de progresser, ou à peine. Ce bois semblait ne pas avoir de fin, et pire encore, aucune issue.

« On ne va pas pouvoir rester ici très longtemps, dit le Rat. Là-bas, il y a une sorte de vallon dont le sol semble couvert de creux et de bosses. Nous allons nous débrouiller pour aller jusque-là, et chercher un possible refuge. »

Ils étaient en train de sonder l'une des bosses quand la pointe du bâton du Rat heurta quelque chose qui sonnait creux. Il élargit le trou jusqu'à pouvoir passer une patte à travers, puis appela la Taupe pour qu'elle vienne l'aider. Les deux animaux travaillèrent d'arrache-pied et enfin, ils virent apparaître le résultat de leurs efforts.

Dans ce qui ressemblait à un talus de glace,

ils découvrirent une petite porte qui semblait très solide. Dessus, il y avait une petite plaque de cuivre, sur laquelle ils purent lire à la lueur de la Lune : M. BLAIREAU.

La Taupe se laissa tomber à la renverse dans la neige tant elle était étonnée et heureuse.

« Rat ! s'écria-t-elle, tu es vraiment merveilleux ! »

Elle sauta pour atteindre le fil de la sonnette et s'y agrippa. Ils entendirent alors retentir une cloche avec un son grave à bonne distance de la porte.

Il y eut un bruit de verrou et la porte s'entrouvrit de quelques centimètres, juste assez pour laisser apparaître un long museau et deux yeux endormis et papillotants.

« Alors, si vous osez recommencer ça, dit une voix bourrue et méfiante, ça me mettra très en colère. Qui êtes-vous donc pour déranger les gens en plein milieu de la nuit ?

– Oh, Blaireau, s'écria le Rat, laisse-nous entrer, s'il te plaît. C'est moi, Rat, avec mon amie Taupe : nous nous sommes perdus dans la neige.

– Quoi, c'est toi, Ratounet, mon cher ami ! s'écria le Blaireau sur un tout autre ton. Entrez donc, tous les deux. Allons ! Dépêchez-vous ! Ah ben ça, alors ! Perdus dans la neige ! »

Les deux compères entendirent la porte se refermer derrière eux, à leur grand soulagement.

Blaireau baissa les yeux sur eux avec gentillesse, tout en leur tapotant la tête.

« Ce n'est pas une nuit à

traîner dehors, surtout pour de petits animaux comme vous, dit-il. Venez dans la cuisine. Il y a un bon feu, et de quoi manger. »

Il se glissa devant eux, sa lampe à la main, et la Taupe et le Rat le suivirent dans un couloir long et sombre qui débouchait dans une grande cuisine chaude et bien éclairée.

L'aimable Blaireau les installa bien confortablement à côté du feu pour qu'ils se réchauffent, en leur disant d'enlever leur manteau et leurs bottes mouillées.

Puis il alla chercher deux robes de chambre et des pantoufles.

FÉERIE HIVERNALE

Enfin secs et réchauffés, leurs jambes fatiguées étendues devant eux, au son du doux cliquetis des assiettes que le Blaireau disposait sur la table, les animaux rescapés de la tempête eurent soudain l'impression que le Bois sauvage froid et morne qu'ils venaient de quitter se trouvait maintenant à des kilomètres de là, et que tout ce qu'ils avaient enduré n'avait été qu'un rêve.

Vive le vent

De Francis Blanche

Vive le vent, vive le vent,
Vive le vent d'hiver
Qui s'en va sifflant, soufflant
Dans les grands sapins verts
Oh ! Vive le temps, vive le temps
Vive le temps d'hiver
Boules de neige et jour de l'an
Et bonne année grand-mère

FÉERIE HIVERNALE

Sur le long chemin
Tout blanc de neige blanche
Un vieux monsieur s'avance
Avec sa canne à la main
Et tout là-haut le vent
Qui siffle dans les branches
Lui souffle la romance
Qu'il chantait petit enfant

Oh ! Vive le vent, vive le vent
Vive le vent d'hiver
Qui s'en va sifflant, soufflant
Dans les grands sapins verts
Oh ! Vive le temps, vive le temps
Vive le temps d'hiver
Boules de neige et jour de l'an
Et bonne année grand-mère

Vive le vent

Joyeux, joyeux Noël
Aux mille bougies
Quand chantent vers le ciel
Les cloches de la nuit
Oh ! Vive le vent, vive le vent
Vive le vent d'hiver
Qui rapporte aux vieux enfants
Leurs souvenirs d'hier
Qui rapporte aux vieux enfants
Leurs souvenirs d'hier

Le Noël de Cathy et Clover 230

La Fête de Noël 241

Le Noël de Bessie et Clara 252

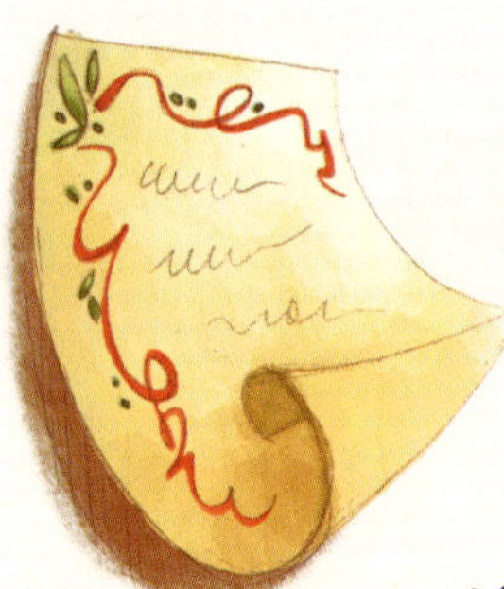

Les Lettres de remerciement 262

CADEAUX ET FESTIVITÉS

Le Matin de Noël 272

Le Noël des Joseph 279

L'Oie de Noël des Cratchit 290

Le Pudding aux figues 302

Le Noël de Cathy et Clover

Un extrait du livre *Ce que Cathy fit à l'école* de Susan Coolidge

C'est la veille de Noël, et Cathy, Clover et leur amie Rose vivent dans un pensionnat dirigé par la stricte madame Nipson. Toutes les pensionnaires restent à l'école pour les fêtes de Noël et, bien qu'elles espèrent toutes que leurs parents leur aient envoyé des colis remplis de cadeaux, rien n'est encore arrivé.

« On est mal parties pour passer un joyeux Noël », se dit Clover dans un soupir. Elle leva les yeux vers la fenêtre pour regarder les gros flocons de neige qui tourbillonnaient avec frénésie dans le ciel nuageux.

C'est alors que Madame Nipson entra dans la pièce.

« Mademoiselle Carr, un paquet est arrivé pour vous, ainsi qu'une boîte en bois. Je vais faire retirer les clous et faire déposer ces deux colis dans votre chambre, mais je vous demande de vous abstenir de les ouvrir avant demain.

– Oui, madame », dit Clover.

Ce soir-là, l'heure d'étude leur parut anormalement longue. À la minute où elle se termina, les deux sœurs se précipitèrent dans leur chambre. Les colis étaient là : une grande boîte en bois et un petit paquet en papier. Pour les filles, le fait d'obéir aux ordres et de ne pas regarder ce qu'il y avait à l'intérieur était presque au-dessus de leurs forces.

« Je sens quelque chose de dur, annonça Clover en glissant un doigt sous le couvercle.

– Oh, vraiment ? » s'écria Cathy.

Puis, au prix d'un effort héroïque, elle sauta dans son lit.

« C'est la seule chose à faire, dit-elle. Nous allons nous endormir aussi vite que possible et, comme ça, le matin sera bientôt là. »

Cathy rêva de chez elle, cette nuit-là. C'est peut-être pour cela qu'elle se réveilla si tôt. Il n'était pas encore cinq heures du matin, et la pièce était sombre. Cathy resta étendue, parfaitement immobile, ayant l'impression d'attendre depuis des heures. Finalement, l'impatience la gagnant, elle se glissa hors du lit. Soulevant le

couvercle de la boîte, elle plongea la main à l'intérieur. Ses doigts rencontrèrent quelque chose de poisseux et croustillant, qui s'enfila sur son doigt à la manière d'une bague : c'était un gâteau rond percé d'un trou au milieu.

« Oh ! C'est un des biscuits de Noël de Debbie !

– Quoi ? Où ça ? J'en veux aussi ! » s'écria Clover.

Les deux jeunes filles mangèrent les biscuits et parlèrent de chez elles jusqu'à ce qu'arrive l'heure de se lever.

Ce matin-là, le petit déjeuner fut servi une demi-heure plus tard que d'habitude, ce qui était bien agréable. Dès qu'il fut fini, les jeunes filles entreprirent d'ouvrir leur boîte.

La journée était si froide qu'elles s'étaient enveloppées dans des châles, et Clover avait également enfilé une cagoule et des gants épais.

Rose, qui passait devant leur porte, leur suggéra d'ajouter un parapluie à leur accoutrement.

« Entre donc ! s'écrièrent les deux sœurs. Viens nous aider à ouvrir notre boîte. »

– Ah oui, c'est vrai, vous avez reçu un colis, je crois... » dit Rose, qui espérait bien qu'elles l'inviteraient à participer à cet évènement.

Cathy souleva alors le couvercle de la boîte.

« Regardez-moi ça ! » dit-elle.

Le haut du colis était occupé par quatre boîtes en papier carrées, déformées par les petites douceurs de toutes formes et de toutes tailles qu'elles contenaient. L'une était remplie de biscuits de Noël, une autre de biscuits au gingembre, la troisième de beignets, et la quatrième contenait une grosse tranche de gâteau aux pruneaux ornée d'un joli glaçage.

« Je ne savais même pas que quelque chose d'aussi bon pouvait exister, déclara Rose, la bouche pleine de biscuits de Noël. Et ces biscuits au gingembre, ils sont tout simplement parfaits. Qu'y a-t-il dans tous ces jolis petits paquets ? Vas-y, ouvres-en un, Cathy ! »

Les deux premiers paquets que les sœurs ouvrirent contenaient ces cadeaux : un capuchon blanc pour Cathy et un bleu pour Clover, que leur mère avait tricotés elle-même. Les jeunes filles étaient ravies.

Elles les essayèrent aussitôt et passèrent tant de temps à les admirer que Rose finit par ne plus contenir son impatience.

« Je déclare solennellement, gémit-elle, bien que ces cadeaux ne soient pas pour moi, que si vous n'ouvrez pas bientôt un autre paquet, je n'y survivrai pas !

– Très bien, dit Cathy en reposant son capuchon après lui avoir lancé un dernier coup d'œil émerveillé. Prends un paquet, Clover. »

Qu'il fut donc amusant d'ouvrir tous ces cadeaux ! Les jeunes filles prirent tout leur temps : elles sortirent les paquets et les examinèrent un par un. À chaque nouveau cadeau, elles poussaient des cris joyeux et le brandissaient joyeusement devant Rose pour le lui montrer avant d'en ouvrir un autre. Elles ne cessèrent de rire et de plaisanter, mais qu'il n'en aurait pas fallu beaucoup pour les voir fondre en larmes toutes les deux. Chacun de ces cadeaux était comme un petit fragment de chez elles, chargé de parfums familiers.

« Qu'est-ce que cela peut bien être ? » dit Cathy en déroulant un bout de papier et en dévoilant une jolie boîte ronde.

Elle l'ouvrit et poussa un cri.

« Oh, Clovy ! Mais que c'est joli ! C'est un cadeau de Papa – oui, sans aucun doute, cela vient de Papa ! »

Le cadeau en question était une très belle chaîne en or jaune longue et mince pour la montre de Cathy. La joie de Clover ne connut plus de bornes quand la jeune fille découvrit une autre boîte contenant une chaîne tout à fait semblable qui lui était destinée.

« C'est le meilleur Papa du monde ! s'exclamèrent les deux sœurs.

– Non, ce n'est pas tout à fait vrai. Le mien est tout aussi bien, intervint Rose. Mais je n'ai jamais vu de si jolies chaînes de toute ma vie – jamais. Cathy, je meurs d'envie de savoir ce qu'il y a dans ce petit paquet bleu. »

Le paquet contenait un joli ruban bleu pour Clover. Il y avait aussi un paquet rose, avec un ruban rose pour Cathy.

Tout le monde avait eu une pensée pour les filles. La vieille Marie leur avait envoyé à chacune un ruban à mesurer, et mademoiselle Finch leur avait offert une boîte à couture remplie de fils de différentes couleurs.

Même Alexandre avait envoyé un sac plein de noix de caryer décortiquées.

Jamais les filles n'avaient vu une boîte si merveilleuse. Elle semblait ne pas avoir de fond. Sous les cadeaux, il y avait encore des paquets contenant des figues, des pruneaux, des amandes, des raisins secs, des bonbons et, encore en dessous, des pommes et des poires. C'était un enchaînement sans fin de surprises.

Mais au bout d'un moment, tout fut déballé.

« Maintenant, dit Cathy, je veux que vous m'aidiez à partager les friandises et à faire des paquets pour les autres filles. Elles sont toutes très déçues de ne pas avoir reçu leurs colis. Je tiens à ce que nous partagions le nôtre. »

Alors, Clover, Rose et Cathy partagèrent les biscuits aux gingembres, les amandes et la part de gâteau aux pruneaux.

Aucun des colis de Noël n'arriva avant le lundi, ce qui revient à dire que, sans Cathy et Clover, personne dans l'école n'aurait eu la moindre friandise pour Noël.

Le fait de distribuer tous ces trésors occupa

tellement Cathy et Clover qu'elles n'eurent le temps d'ouvrir le paquet plus petit qu'après avoir dîné. Il était plein de fleurs : des roses, des feuilles de géraniums rouges et des œillets blancs. C'était leur cousine Hélène qui les leur avait envoyées. Et en dessous, cousus au paquet afin de ne pas risquer de bouger ou de s'abîmer, il y avait des étuis pour ranger leurs gants, faits de soie matelassée délicatement parfumée. L'un était blanc et l'autre lilas, et sur chacun était épinglé un petit mot qui souhaitait un joyeux Noël aux deux sœurs.

« Qu'ils sont gentils ! dit Clover. Pour les remercier, je crois que nous devrions être sages comme des images à compter d'aujourd'hui... »

La Fête de Noël

Une histoire de Frances Elizabeth Barrow

Monsieur et madame Percy avaient sept petits-enfants : Marie, Carrie, Thomas, Willy, Bella, Fanny, et enfin Sarah. C'était la plus jeune de tous les enfants et tout le monde l'aimait beaucoup.

Les enfants et leurs parents avaient été invités chez leurs grands-parents pour le dîner de Noël. Ils étaient très contents, car ils aimaient beaucoup aller chez leurs grands-parents.

Enfin arriva le jour tant attendu.

CADEAUX ET FESTIVITÉS

C'était une belle journée, mais il faisait très froid. Les rayons du Soleil faisaient étinceler les glaçons qui pendaient à la balustrade de fer, et tout le monde avait l'air vraiment très heureux.

Les enfants arrivèrent tous à peu près en même temps chez leurs grands-parents.

Ils s'étreignirent et s'embrassèrent les uns les autres en sautillant sur place, au point que certains reçurent des baisers sur le nez et d'autres sur le menton, à la grande joie de la petite Sarah.

Bientôt, la cloche annonça le début du dîner.

D'abord, il y eut une très bonne soupe – mais ce n'était pas ce que préféraient les enfants. Ensuite, il y eut du rôti de bœuf et de la dinde.

Puis arriva sur la table un dessert tout à fait étonnant.

Pouvez-vous deviner ce que c'était ? C'était

un énorme gâteau aux pruneaux, qu'on venait de flamber ! Les yeux fixés sur les flammes imposantes qui s'en élevaient, Willy se dit qu'ils feraient mieux d'appeler des pompiers pour venir les éteindre. Mais en fait, les flammes s'éteignirent dès qu'on souffla dessus, et les enfants eurent chacun un tout petit morceau de gâteau.

Sitôt après l'avoir avalé, ils se rendirent dans le petit salon.

Et devinez ce qui trônait au milieu de la pièce ? Une grande table entièrement recouverte d'une nappe qui cachait des formes biscornues. Que pouvait-elle bien dissimuler ?

« Grand-Mère, je crois que le Père Noël est passé ici ! dit la petite Sarah.

– Oui, mes chers enfants, dit leur grand-mère. Le Père Noël est bien passé ici, et je dois vous dire qu'il ressemblait beaucoup à votre grand-père – qui ne devrait pas tarder, d'ailleurs. Quand il sera là, nous pourrons regarder ce qu'il y a sur la table. »

Oh, comme les enfants auraient voulu jeter un coup d'œil sous la nappe ! Ils ne pouvaient pas en détacher leurs yeux. Ils dansèrent et sautèrent autour de la table, très impatients de voir arriver leur grand-père. Au bout de quelques minutes, ce dernier entra dans la pièce et se dirigea droit vers la table : sans attendre, il retira la nappe.

La table était couverte de belles choses et, en dessous, il y avait quelque chose qui ressemblait

à une petite maison en briques rouges.

« Eh bien, dit le brave homme, mes chers enfants, venez voir si vous arrivez à trouver vos cadeaux. »

Les enfants se rassemblèrent autour de la table et Willy attrapa par le mât une magnifique maquette de bateau toutes voiles dehors. Ses yeux se mirent à briller quand il vit un bout de papier posé sur le pont, sur lequel était écrit :

« Pour mon cher Willy ».

Les enfants battirent des mains et crièrent dans un bel ensemble :

« Qu'il est beau !

– C'est un navire de guerre, dit Willy, regardez les petits canons en laiton sur le pont ! Merci, cher grand-père. Mais comment il s'appelle, mon bateau ?

– Son nom est peint sur la poupe », répondit son grand-père.

Baissant les yeux, Willy vit alors que le splendide navire avait été baptisé « Louisa ». Cela fit rire les autres enfants, car Willy connaissait une très jolie petite fille qui s'appelait justement Louisa, et qu'il aimait beaucoup.

Tout le monde admira le bateau, puis les membres de la petite famille reportèrent leur attention sur la table, où ils découvrirent deux beaux livres d'images, un pour Bella et un pour Marie. Juste à côté, il y avait une grande poupée pour Carrie et une autre pour Fanny.

La poupée de Carrie portait une tenue en satin bleu et un chapeau en satin blanc, tandis que la poupée de Fanny portait une tenue en satin rose agrémentée de plumes en velours noir, avec un chapeau assorti.

Les deux petites filles pressèrent leur jolie poupée contre leur cœur, puis se jetèrent dans les bras de leur grand-père et le couvrirent de baisers.

Thomas reçut en cadeau un magnifique zoo, avec quantité d'animaux qui faisaient les bruits des vrais animaux ! Il y avait des lions rugissants, et des tigres feulants, et des hyènes ricanantes, et des singes bavards, et des ours grondants, et bien d'autres bêtes sauvages. Que Thomas était heureux, et tous les enfants avec lui !

Petite Sarah ne cessait de trépigner, et elle s'écria gaiement :

« Je n'ai jamais vu autant de choses que ça ! Mais pour qui est la petite maison sous la table, je me le demande ? »

Dans la cheminée, on pouvait voir un petit morceau de papier qui dépassait : Sarah l'attrapa et l'apporta à son grand-père. Il la prit dans ses bras pour lui lire ce qu'il y avait écrit. Le mot disait : « Une petite maison pour ma

petite Sarah chérie. »

« C'est pour moi... dit la petite fille. Sarah, c'est mon nom ? Elle doit être pour moi ! »

Son grand-père sortit la petite maison de sous la table et l'ouvrit en grand, révélant deux grandes pièces : l'une était un salon, l'autre une chambre à coucher. Tous les enfants se mirent à crier avec admiration :

« Regardez la petite table, les petites chaises en velours rouge, et les rideaux si élégants ! Oh, comme c'est beau ! »

Seule petite Sarah ne disait pas un mot.

Elle se contentait de trépigner gaiement, les yeux brillants comme des diamants. Elle était tout simplement trop heureuse pour parler. Enfin, elle dit :

« Je vois une petite dame assise dans un fauteuil, avec une ceinture rouge. Je pense qu'elle veut sortir.

– Eh bien, il faut la faire sortir, alors ! » dit son grand-père.

Sarah attrapa donc délicatement la petite dame, puis, un par un, elle sortit les petites chaises et le petit canapé, en caressant le velours qui les recouvrait, et elle examina de plus près la petite horloge sur la cheminée, ouvrit les petits tiroirs du bureau, puis recommença à trépigner de plus belle.

Jamais on n'avait vu de fête plus gaie. Les enfants étaient très occupés à contempler leurs cadeaux, mais au bout d'un moment, ils commencèrent à danser et s'amusèrent comme des petits fous.

Il était maintenant assez tard, et la petite Sarah s'était endormie sur le canapé, la petite dame de sa jolie maison miniature serrée dans son petit poing. Alors, ils l'enveloppèrent dans un grand châle, puis s'étreignirent, avant d'enfiler leur manteau bien chaud. Ils quittèrent la maison ravis de ce magnifique jour de Noël.

Le Noël de Bessie et Clara

Une histoire de Fannie E. Ostrander

L'été, Bessie et Clara passaient leurs vacances à la campagne chez leurs grands-parents avec leurs cousins Kate et Dick, où elles avaient la joie de profiter de leurs nombreux animaux domestiques.

Il y avait les chiens de berger Batifole, Ponto et Ramdam, et un autre petit chien appelé Mouche. Il y avait Flotte, le poney, mais aussi le dernier arrivé, l'adorable petit poulain de Kate qu'elle avait baptisé Fée, et dont elle prenait grand soin.

Et puis May, la sœur de Kate et Dick, vivait ici. C'était une mignonne petite fille qui commençait tout juste à marcher et à parler.

Elle arrivait presque à dire « poule » de façon tout à fait intelligible, et elle aimait trottiner jusqu'au poulailler pour regarder les autres enfants nourrir les poules.

Ils étaient heureux à chaque instant, et Mamie ne cessait de répéter qu'ils étaient si gentils que cela ne posait vraiment aucun problème de les avoir à la maison.

Mais finalement, un samedi soir, leur père (qui venait toujours passer le dimanche avec eux) leur dit que leur retour en ville était prévu pour le lundi suivant.

Ils auraient voulu rester plus longtemps, mais Papa se mit à rire et leur dit :

« Noël arrive bientôt, vous savez, et le Père Noël aurait beaucoup de mal à vous apporter vos cadeaux ici plutôt qu'en ville. »

À ces mots, les filles commencèrent à penser à Noël, et ils supplièrent Papi et Mamie de venir le passer chez eux. Bien sûr Papa et Maman insistèrent eux aussi, alors ils finirent par accepter.

Une fois revenues à la maison, les fillettes passèrent quasiment tout le temps qu'elle ne passait pas à parler de Noël à parler de leurs grands-parents. Bessie écrivit une carte postale au Père Noël pour lui demander d'apporter une belle paire de lunettes en or à sa Mamie, parce qu'elle avait perdu les siennes, et une canne à pommeau d'or pour son Papi.

Enfin, la veille de Noël arriva, et Mamie et Papi étaient là, et les enfants accrochèrent leurs chaussettes de Noël, et Bessie s'assura que Mamie et Papi en accrochent une aussi. Puis, après être allées se coucher, les deux fillettes chuchotèrent jusque tard dans la nuit, parlant du Père Noël et tendant l'oreille, espérant entendre ses grelots sur le toit.

« Je ne comprends pas comment il fait pour passer par la cheminée, murmura Bessie. On le voit bien sur toutes les images qui le représentent : il est vraiment très gros.

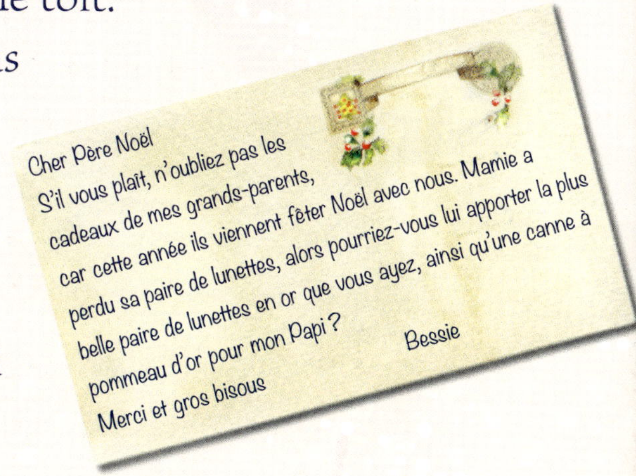

Cher Père Noël
S'il vous plaît, n'oubliez pas les
cadeaux de mes grands-parents,
car cette année ils viennent fêter Noël avec nous. Mamie a
perdu sa paire de lunettes, alors pourriez-vous lui apporter la plus
belle paire de lunettes en or que vous ayez, ainsi qu'une canne à
pommeau d'or pour mon Papi ?
Merci et gros bisous
Bessie

– Peut-être qu'il enlève son manteau, murmura Clara, et qu'en fait, en dessous, il n'est pas si gros que ça. »

Cela dit, elle non plus ne voyait pas comment il pouvait bien s'y prendre pour passer par la cheminée.

À une ou deux reprises, les deux fillettes furent certaines de l'avoir entendu sur le toit et, vite, vite, elles cachèrent leur tête sous leur couverture pour que le Père Noël ne puisse pas penser qu'elles essayaient de l'espionner – et elles sombrèrent dans le sommeil sans même s'en apercevoir.

Kate et Dick étaient tout aussi impatients que leurs cousines, et ils chuchotèrent tout aussi longtemps.

Bessie et Clara furent les premières à se lever. Elles crièrent de joie en découvrant ce qu'il y avait dans leurs chaussettes. Chacune contenait une petite poupée – une poupée avec de vrais cheveux et des yeux qui pouvaient s'ouvrir et se fermer, et de jolis vêtements.

Dick trouva un pantin des plus amusants dans sa chaussette, et dans la sienne, Kate découvrit une flûte.

Elle porta l'instrument à sa bouche et, peu de temps après, tout le monde était réveillé.

Mais les plus surpris furent Papi et Mamie quand ils découvrirent les lunettes et la canne.

« Qui a bien pu dire au Père Noël ce que nous voulions ? » dit Mamie.

Alors Bessie se précipita vers ses grands-parents et leur murmura à l'oreille :

« C'est moi, dans la lettre que je lui ai écrite ! »

Pour la remercier, ils la couvrirent de baisers.

CADEAUX ET FESTIVITÉS

Toute la journée, la bibliothèque resta fermée, et pas un enfant ne fut autorisé à aller jeter un coup d'oeil à l'intérieur. Cela dit, cela ne les ennuya guère, car ils s'amusèrent beaucoup toute la journée et se régalèrent d'un délicieux repas de Noël.

Dans la soirée, la porte de la bibliothèque fut enfin ouverte, et là, les enfants découvrirent le plus beau sapin de Noël qui soit, couvert de bougies et de décorations étincelantes, tandis que tout autour étaient empilés tous les livres et tous les jouets qu'ils espéraient se voir offrir.

Et là, couché devant l'arbre, ayant l'air aussi heureux que les enfants eux-mêmes, il y avait un grand chien à l'allure majestueuse, qui se leva et vint à leur rencontre alors qu'ils se précipitaient dans la pièce.

« Oh ! Oh ! Oh ! s'écria Bessie en se penchant pour caresser la tête du gros chien. Comment t'appelles-tu ? Oh ! Oh ! Il est pour qui, Papa ?

– Demande au Père Noël », dit Papa. Et brusquement, le Père Noël surgit de sa cachette derrière le sapin.

« Son nom est sur son collier », dit le Père Noël à Bessie.

Les enfants se jetèrent tous dans ses bras, car ils savaient pertinemment que ce Père Noël-là était en fait leur Papi.

Ensuite, Bessie lut ce qui était écrit sur le collier du chien et épela son nom à haute voix : « C-a-r-l-o ». Elle vit ensuite son nom à elle inscrit sur une petite carte attachée au collier, et à ce moment précis, elle fut la petite fille la plus heureuse du monde.

Ce qui n'empêcha pas les autres d'être tout

aussi ravis ! Tous dirent que c'était le Noël le plus réussi qu'ils aient jamais fêté, et Clara et Bessie rêvèrent même que le Père Noël en personne leur disait que lui non plus ne s'était jamais autant amusé !

Les Lettres de remerciement

Un extrait du livre *Betty Trevor* de Mme George de Horne Vaizey

Betty et Jill (qui s'appelle en fait Margaret) sont sœurs. À l'époque où cette histoire a été écrite, un souverain était une pièce d'or et une couronne une pièce d'argent, et toutes les deux valaient très cher.

Betty Trevor frissonna dans sa chambre mansardée en apportant la touche finale aux cadeaux qu'elle s'était donné beaucoup de mal à confectionner. Jill fut invitée à jeter un coup d'œil avant tout le monde (son cadeau à elle ayant été caché), et elle exprima aussitôt son admiration.

« Mais qu'est-ce que ça a dû te demander comme travail ! dit-elle. Moi, j'avais tout fini en un après-midi... Je suis partie avec toutes mes économies dans mon sac à main, et je suis revenue avec quinze cadeaux vraiment beaux.

– Jill, ce n'est pas possible ! »

– Mais si ! Il suffit de bien gérer son affaire. J'ai gardé toutes les boîtes de chocolats qu'on nous a offertes – il y en avait six – et elles sont absolument superbes maintenant que je les ai remplies de bonbons à vingt centimes le kilo. J'ai aussi récupéré de vieilles bouteilles de parfum qui appartenaient à Maman et, pour les remplir, j'ai acheté pour quinze centimes d'eau de Cologne. Je n'en avais pas tout à fait assez, alors j'ai dû rajouter un peu d'eau dans la dernière, et le liquide a pris une coloration laiteuse. Celle-là, il faudra que je l'offre à Pam. Elle se dira qu'il s'agit de quelque chose de nouveau et de meilleure qualité. J'ai de bons pansements pour les garçons – ils finiront bien par se couper un jour – et un beau livre de crochet pour Maman. »

Jill repartit en sautillant vers le rez-de-chaussée et s'assit dans la salle de dessin. Elle commença alors à rédiger plusieurs lettres, mais en laissant d'étranges espaces entre certains mots.

Chère tante Margaret, je vous remercie beaucoup pour ce magnifique ... C'est exactement ce que je voulais. C'est vraiment gentil de votre part de me l'avoir envoyé. C'est un cadeau vraiment ... J'espère que vous allez bien, et que votre asthme vous laisse un peu de répit. Votre nièce aimante, Margaret.

Chère cousine Flo, je voulais vraiment te remercier pour ce superbe ... C'est exactement ce que je voulais. Je suis très heureuse de l'avoir. Noël, c'est vraiment fabuleux, n'est-ce pas ? S'il te plait, réponds-moi vite.

Chère madame Gregory, c'était bien aimable de votre part de vous souvenir de moi et de m'offrir un si joli cadeau. En plus, ce ..., c'est exactement ce que je voulais. Je vous remercie encore de ne pas m'avoir oubliée. Le jour de Noël n'a-t-il pas été ... cette année ? Votre amie aimante, Margaret Meredith Trevor.

Ma très, très chère Norah, tu es vraiment un ange de m'avoir offert ce splendide ... C'est exactement ce que je voulais, et je suis vraiment heureuse de l'avoir. Viens me voir demain, je te montrerai mes cadeaux. En tout, j'en ai eu ... Tu as vu, ça fait beaucoup ! Est-ce qu'il ne fait pas un temps ... ? Ta très chère Jill.

Elle était toujours en train de griffonner quand une main s'abattit sur son épaule et qu'une voix s'écria :

« Eh bien, eh bien ? On est trop occupée pour m'entendre entrer ? Hein ? Ben alors ? Qu'est-ce que ça veut dire ? »

En se retournant, Jill vit le général Digby penché au-dessus d'elle. Ce n'était pas la première fois que le général leur rendait visite. C'était un vieil homme solitaire, pour qui le fait de passer quelques minutes dans l'atmosphère

joyeuse d'une famille aimante constituait un moment de répit bien agréable.

« Tu écris tes lettres de Noël, hein ? gronda le général d'une voix sonore. C'est pour remercier les gens qui t'ont fait des cadeaux, dis-tu ? Mais c'est un peu prématuré, non ?

– Il se passe toujours plein de choses après Noël, quand les garçons sont là, et c'est tellement ennuyeux de rester coincée à la maison pour rédiger des lettres... Alors, j'utilise mes heures creuses avant Noël pour rédiger tout ce que je peux, et après, il ne me faudra qu'une minute pour remplir les blancs. »

Elle lui tendit une des lettres pour illustrer ses dires et, en la lisant, le général Digby fut agité d'un rire si puissant qu'il fut ensuite pris d'une violente quinte de toux.

Aussitôt, Jill se mit à lui donner de grandes claques dans le dos, jusqu'à ce qu'il soit suffisamment remis pour lui demander d'arrêter, car d'après lui, le remède était pire que le mal. Il se laissa tomber sur une chaise et s'essuya les yeux avec un mouchoir.

« Où est ma lettre ? demanda-t-il. J'imagine qu'il y en a une pour moi quelque part dans ce tas imposant. Dis-moi, ai-je eu la chance de t'offrir exactement le cadeau que tu voulais, comme tous les autres ? Décidément, tu en voulais, des choses, à en croire tout ça... Je vais te dire – j'ai un marché à te proposer ! Tu vas remplir les blancs de ma lettre, et moi, je verrais si je peux réaliser ton souhait !

– Oh, non ! s'écria Jill, rouge de honte. C'est que… je n'ai pas de lettre pour vous. Il ne m'est même pas venu à l'idée que vous pourriez m'offrir quelque chose. Je ne vois vraiment pas ce que je pourrais vous demander. C'est vraiment gentil à vous d'y penser, mais vraiment, je n'ai pas d'idée. Ce qu'il y a, vous voyez, en fait, c'est que... je veux tout ce que je peux avoir !

– Ah, vraiment ? s'écria le général. Eh bien, je vais voir ce que je peux faire ! Tu découvriras le résultat de mes intenses réflexions le jour de Noël... »

Le programme des Trevor pour le jour de Noël différait de celui de leurs amis. Aucun cadeau n'était distribué dans la matinée : ils prenaient le temps de savourer un petit déjeuner tardif et fastueux avant de se rendre à l'église.

Quand ils revinrent, à peine eurent-ils posé les yeux sur la table de l'entrée qu'ils ne purent plus penser à autre chose, car ladite table était maintenant recouverte d'une pile de cartes de Noël.

Betty se précipita sur elles, et poussa un cri de joie. « Il y a des pièces de monnaie à l'intérieur ! J'en suis sûre, je peux les sentir. La mienne est assez petite – on dirait un... un... »

Elle déballa son cadeau en tremblant d'excitation. À l'intérieur il y avait un morceau de papier plié abritant une seconde enveloppe plus petite. Betty l'ouvrit à la hâte, et découvrit alors un souverain flambant neuf.

« C'est ça, c'est bien une pièce ! Mais qu'elle est belle ! Nous avons toujours été si pauvres –

quel ange peut nous avoir envoyé un si beau cadeau ? »

Elle ramassa le morceau de papier qu'elle avait laissé tomber dans sa précipitation, et lut à haute voix :

« Avec les meilleurs vœux du général Digby. »

Jack et Jill reçurent chacun une pièce neuve de dix shillings, et Pam reçut une superbe couronne.

« Il a dit qu'il allait m'offrir quelque chose, mais je n'aurais jamais pensé que ce serait de l'argent. C'est de loin ce qui me fait le plus plaisir, d'être riche au moment des vacances de Noël ! » dit Jill, des larmes dans la voix.

Le Matin de Noël

Un extrait du livre *L'Hiver de Pauline et Pierre* de Rose Lucia

Le matin de Noël, Pierre se réveilla tôt. Entendant du bruit dans la chambre de sa mère, il sut qu'il pouvait se lever. Il poussa la porte.

« Joyeux Noël ! Joyeux Noël ! cria-t-il.

– Joyeux Noël, répondit Maman en le serrant fort contre lui.

– Joyeux Noël ! lui dit Papa en le lançant dans les airs. Alors, as-tu entendu le Père Noël passer la nuit dernière ? »

À ce moment-là, Pauline arriva en courant dans la pièce.

« Oh, oh, c'est Noël ! s'écria-t-elle. Joyeux Noël ! Joyeux Noël ! Regardez ce que j'ai trouvé dans mon lit ! »

C'était une boîte de biscuits en forme de moutons.

« Oh, papa, quelle bonne blague ! Tu sais pertinemment que je déteste le mouton… »

Sachant qu'aucun autre cadeau ne serait distribué avant la fin du petit déjeuner, les deux enfants se dépêchèrent de s'habiller – mais ils eurent beaucoup de mal à avaler quoi que ce soit.

Finalement, Pauline dit :

« Je n'en peux plus d'attendre. Je vois Grand-Mère qui arrive. Pouvons-nous ouvrir la porte et voir le sapin de Noël, maintenant ?

– Dans une petite minute, dit Papa.

Attendez Grand-Mère et souhaitez-lui un joyeux Noël. Il me faut encore une petite chose pour le sapin. Vous pourrez venir quand je vous appellerai. »

Sur ces mots, il passa la porte et s'éloigna.

« Je me demande ce qu'il est allé chercher, dit Pauline, toute excitée. Je l'entends qui revient dans la maison par une autre porte. »

Puis Grand-Mère entra, et Pauline cessa de se poser des questions.

Enfin, ils entendirent Papa crier :

« Vous pouvez venir ! »

Pauline ouvrit la porte, et les enfants se précipitèrent à l'intérieur.

Jamais ils n'avaient vu un sapin de Noël aussi magnifique. Il était décoré de guirlandes de pop-corn et de canneberges rouges. Il était recouvert de boules colorées et de grandes étoiles dorées. Sa cime disparaissait sous une substance brillante qui ressemblait à de la neige.

Des sacs de bonbons et des oranges pendaient de ses branches et, au sommet, il y avait une poupée avec des ailes dans le dos.

Et il y avait aussi beaucoup de boîtes et de paquets.

« Est-ce que ça vous plaît ? demanda Maman.

– Je n'ai jamais rien vu d'aussi joli, dit Pauline. Est-ce que c'est une fée, là, au sommet ?

– Je pense que c'est la petite fille du Père Noël, dit Pierre. J'aimerais bien que ce soit mon cadeau.

– Es-tu en train de me dire que tu voudrais avoir cette petite poupée plus que toute autre chose ici ? demanda Papa.

– Je pense que oui, Papa. Je peux l'avoir ?

– Fais d'abord le tour du sapin, histoire d'être bien sûr de toi, mon fils. »

Pierre suivit le conseil de son père. Il n'avait fait que quelques pas quand, soudain, il sursauta et poussa un cri. Pauline accourut pour voir ce qu'il en était – et devinez ce qu'elle découvrit ?

Quelque chose bougeait derrière le sapin. Pauline vit deux grands yeux, deux longues oreilles et une tête brune, et c'est alors qu'elle comprit qu'il s'agissait d'un poney.

« Pierre, Pierre ! s'écria-t-elle, regarde, il y a un poney attaché au sapin de Noël ! Oh, Pierre, Pierre, Pierre !

– C'est une ponette, en fait. Fais-la un peu marcher, dit Papa. Elle te suivra bien volontiers : elle adore les enfants. »

Alors, Pauline attrapa le petit licol de l'animal et commença à se promener dans la pièce, le poney sur ses talons.

« Elle s'appelle Brownie, dit Papa. C'est un cadeau de Grand-Mère pour Pierre et toi.

Elle est à moitié à toi, et à moitié à Pierre.

– Oh, Grand-Mère ! s'écria Pauline. Merci, merci, merci !

– Quelle moitié est à moi, Grand-Mère ? demanda Pierre.

– La moitié de chacune de ses deux moitiés, répondit Grand-Mère.

– J'aime ses deux moitiés. Et toi aussi, je t'aime.

– Allez, allons amener Brownie dans son écurie, dit Papa. Ensuite, vous pourrez ouvrir les cadeaux qui vous attendent encore sous le sapin... »

Le Noël des Joseph

Une histoire de L. M. Montgomery

Le mois précédant Noël était toujours la période la plus excitante et la plus mystérieuse dans la maison des Joseph. Il y avait tellement d'intrigues et de préparatifs, de comptage de petits trésors, de cachotteries et de stratagèmes – et les enfants n'étaient pas les derniers à participer !

Mais au cours de ce dernier mois de décembre, les préparatifs et l'organisation avaient été plus difficiles et les résultats moins satisfaisants que d'habitude.

CADEAUX ET FESTIVITÉS

Les Joseph étaient pauvres tous les jours de l'année, mais cet hiver-là, ils étaient plus pauvres que jamais. Pourtant, quand vint la veille de Noël, tous les enfants de la maisonnée allèrent se coucher la conscience tranquille : en effet, la table de la cuisine était recouverte d'un gros tas de tous petits cadeaux – certains étaient même vraiment minuscules – sur lesquels étaient soigneusement indiqués le nom de leur destinataire et celui de la personne qui les offrait.

Quand les plus petits allèrent se coucher, la neige commençait tout juste à tomber, et quand les enfants plus grands montèrent eux aussi, elle tombait à gros flocons.

Monsieur et madame Joseph s'assirent

devant le feu et écoutèrent le vent qui hurlait dehors.

« Mary, c'est notre premier Noël depuis que nous sommes venus nous installer dans l'Ouest, et nous ne pouvons même pas offrir quelques petites douceurs aux enfants, pas même quelques noix ou une boîte de bonbons. »

Madame Joseph soupira en regardant la veste élimée de Jimmy qu'elle réparait pour la énième fois, mais ensuite, elle adressa un grand sourire à monsieur Joseph.

« Peu importe, John, dit-elle. Quand viendra Noël prochain, les choses se seront arrangées. Nous sommes tous ensemble, nous avons la santé et le moral, et même avec tous les cadeaux du monde, Noël ne serait rien sans tout cela. »

Monsieur Joseph hocha la tête.

« C'est vrai. Je ne devrais pas me plaindre,

mais j'aurais vraiment aimé offrir à Maggie une "vraie poupée vivante", comme elle appelle ça. Il y en avait une au magasin Fisher aujourd'hui – une vraie beauté, avec de vrais cheveux et des yeux qui pouvaient s'ouvrir et se fermer. Peux-tu imaginer l'expression ravie de Maggie si elle avait pu la découvrir sous le sapin demain matin ?

– Mieux vaut éviter de rêver, dit madame Joseph en riant, mais... Y aurait-il quelqu'un à la porte ? Ce n'est pas possible !

– Pourtant, si », répondit monsieur Joseph en se dirigeant vers la porte qu'il ouvrit prestement.

Deux formes enneigées se tenaient sous le porche. En les voyant entrer, les Joseph reconnurent l'un des deux : c'était monsieur Ralston, un riche marchand qui vivait dans une petite ville située à vingt-cinq kilomètres de là.

« C'est un peu tard pour une visite, je crois, dit monsieur Ralston. Mais notre cheval n'en pouvait vraiment plus, et la tempête est si mauvaise que nous n'arrivions plus à avancer. Je vous présente ma femme : nous étions en chemin pour passer Noël avec la famille de mon frère dans la ville de Lindsay. Pensez-vous que vous pourriez nous héberger pour la nuit, Monsieur Joseph ?

– Mais bien sûr ! Soyez les bienvenus ! s'écria chaleureusement monsieur Joseph. Nous allons aller chercher votre cheval et le mettre à l'abri, monsieur Ralston. Par ici, s'il vous plaît. »

Lorsque les deux hommes revinrent dans la maison, madame Ralston et madame Joseph étaient assises près du feu. Monsieur Ralston déposa le grand panier qu'il portait dans un coin de la pièce, sur un banc.

« Je me suis dit qu'il valait mieux que je rentre nos cadeaux de Noël, dit-il. Vous voyez, madame Joseph, mon frère a une famille nombreuse, alors le Père Noël leur a apporté beaucoup de choses. C'est Madame Ralston qui a préparé ce panier, et Dieu seul sait ce qu'elle a mis dedans, mais elle a vidé la moitié de mon magasin ! »

Madame Joseph laissa échapper un petit soupir et ne put s'empêcher de jeter un coup d'œil sur le tas de cadeaux minuscules qui trônait sur la table de l'entrée.

Madame Ralston suivit son regard.

« On dirait que le Père Noël est déjà passé chez vous ! dit-elle.

– Notre Père Noël était un peu à court cette année », répondit franchement monsieur Joseph.

Il partit ensuite avec sa femme dans la

cuisine à la recherche de quelque chose à servir à leurs invités, et les Ralston se retrouvèrent seuls dans le petit salon.

Madame Ralston se dirigea vers la table de l'entrée et contempla la pile de tout petits cadeaux avec un mélange de tendresse et de pitié.

« Ils ne ressemblent pas vraiment au contenu de notre panier, n'est-ce pas ? dit-elle en touchant du doigt le petit calendrier que Jimmy avait fabriqué pour Mollie avec du carton, des feuilles d'automne et des brins d'herbe.

– C'est exactement ce que j'étais en train de me dire, répondit son mari. Je crois que j'aimerais bien voir quelques-unes des choses qui se trouvent dans notre panier sur cette table.

– Je crois que j'aimerais voir tout le contenu de notre panier sur cette table, rétorqua vivement madame Ralston. On devrait tout leur donner, Edward. La famille de Roger aura bien assez de cadeaux comme ça et, en plus, nous pourrons toujours leur en envoyer d'autres une fois rentrés à la maison.

– Je suis bien d'accord avec toi, convint Monsieur Ralston. J'aime beaucoup l'idée d'offrir un Noël extraordinaire à ces braves gens – j'imagine que ça n'a pas dû leur arriver souvent... »

Alors, ils partagèrent leurs cadeaux entre les enfants de façon relativement équitable.

Quand ils eurent fini, madame Ralston déclara :

« Demain, nous partirons probablement avant que le jour soit levé et, dans la précipitation du départ, avec un peu de chance, monsieur et madame Joseph ne s'apercevront de rien. »

Tout se passa comme madame Ralston l'avait souhaité. Monsieur Joseph alla chercher le cheval et le traîneau pour les emmener devant la porte. Monsieur Ralston sortit en portant son panier vide, faisant semblant de ployer sous la charge.

« Au revoir et joyeux Noël à vous tous ! » leur dit-il en partant.

Alors qu'elle repartait vers la cuisine, madame Joseph posa machinalement les yeux sur la table de l'entrée – et c'est alors qu'elle vit les innombrables cadeaux qui la recouvraient.

Les yeux écarquillés, elle laissa échapper un sifflement effaré. Car sur la table de l'entrée, il y avait maintenant tout ce qu'un enfant peut désirer : trois paires de patins, un capuchon en fourrure, des livres flambant neufs, une petite écritoire, une paire de gants doublés de fourrure, et même une tasse de porcelaine et sa soucoupe.

Et derrière tous ces cadeaux, sur un coin de la table, il y avait une grande boîte remplie de bonbons, de noix et de raisins secs, et de l'autre côté, une poupée était assise, une poupée aux cheveux dorés et bouclés et aux yeux marrons, qui portait de vrais vêtements, et qui était même accompagnée d'un petit coffre rempli d'autres habits. Épinglé à sa robe, il y avait un petit bout de papier sur lequel était inscrit le nom de Maggie. Ils entendirent alors les enfants dévaler les escaliers.

Les Joseph n'avaient jamais connu un tel Noël. Maggie serra sa poupée contre elle avec des yeux brillants. Tout le monde fit honneur à la grande boîte de friandises. Et les enfants n'en négligèrent pas pour autant de se réjouir des petits cadeaux qu'ils s'étaient fabriqués les uns pour les autres.

L'Oie de Noël des Cratchit

Un extrait du livre *Un chant de Noël* de Charles Dickens

La famille Cratchit est une famille pauvre qui vit à Londres au XIXe siècle. Martha travaille loin de chez elle et n'a qu'un jour de congé par semaine. Les Cratchit n'ont pas de four, alors ils ont dû apporter leur oie chez le boulanger pour la cuire dans son four (il faudra bientôt aller la chercher), et faire cuire leur bûche de Noël au bain-marie dans la grande bassine de cuivre qu'ils utilisent habituellement pour laver leurs vêtements.

« Mais qu'est-ce qui a bien pu retenir ton cher papa ? dit madame Cratchit. Et ton frère, Tout-Petit Tim ! Et Martha ! L'année dernière, elle n'était pas si en retard : elle était rentrée au moins une demi-heure plus tôt !

– La voici, Maman ! s'écrièrent aussitôt les deux plus jeunes enfants. Hourra !

– Ah, la, la, ma chérie, que ton cœur soit béni, mais que tu es donc en retard ! dit madame Cratchit en l'embrassant une bonne douzaine de fois tout en lui retirant son châle et son chapeau.

– Nous avions beaucoup de travail à finir la nuit dernière, Maman, répondit la jeune fille, et nous avons dû tout ranger ce matin !

– Enfin ! Peu importe puisque tu es là, dit madame Cratchit. Assieds-toi devant le feu, ma chérie, et réchauffe-toi un peu.

– Voilà Papa qui arrive ! s'écrièrent les deux petits derniers, qui étaient partout à la fois. Martha, vite, cache-toi ! »

Martha se cacha donc, et Bob, son père, entra dans la maison, dissimulé derrière un bon mètre de cache-nez qui pendait devant lui. Ses vêtements élimés avaient été reprisés et brossés pour leur donner un air de fête, et il portait Tout-Petit Tim sur son épaule. En effet, le pauvre petit était contraint de marcher avec une petite béquille et une sorte d'armature en fer pour soutenir ses jambes.

« Mais où est notre Martha ? s'écria Bob Cratchit en regardant autour de lui.

– Elle ne pourra pas venir, répondit madame Cratchit.

– Elle ne pourra pas venir alors que c'est le jour de Noël ? »

Martha ne put supporter de le voir si déçu, alors elle sortit de sa cachette derrière la porte du placard et se jeta dans ses bras. Les deux plus jeunes Cratchit s'emparèrent de Tout-Petit Tim et le portèrent au lavoir pour qu'il puisse entendre le chant de la bûche de Noël qui cuisait dans la bassine de cuivre.

« Et comment s'est comporté mon Tout-Petit Tim ? demanda madame Cratchit après avoir taquiné Bob sur sa crédulité tandis que celui-ci serrait sa fille dans ses bras.

– Il a été absolument parfait. Et même mieux que ça », répondit Bob.

Mais avant qu'ils aient le temps de poursuivre leur conversation, on entendit la petite béquille cliqueter sur le sol et Tout-Petit Tim fit de nouveau son apparition dans la pièce. Son frère et sa sœur l'escortèrent jusqu'à son petit tabouret au coin du feu.

Et tandis que Bob, après avoir remonté ses manches, s'employait à préparer une sorte de boisson chaude avec du citron, qu'il mélangea encore et encore en la faisant mijoter sur la plaque chauffante, maître Pierre et les deux petits derniers allèrent chercher l'oie, qu'ils rapportèrent bientôt en procession triomphale.

Madame Cratchit fit chauffer la sauce et maître Pierre réduisit les pommes de terre en purée avec une vigueur incroyable. Mademoiselle Bélinda sucra la sauce aux pommes et Martha essuya les assiettes chaudes.

Bob installa Tout-Petit-Tim à côté de lui. Les deux petits derniers allèrent chercher des chaises pour tout le monde, et se perchèrent dessus en fourrant leur cuillère dans leur bouche afin de résister à la tentation de réclamer de l'oie avant que vienne leur tour d'être servis.

Enfin, les plats furent posés sur la table et les grâces furent dites. Suivit un long silence durant lequel tous retinrent leur souffle, tandis que madame Cratchit considérait pensivement le grand couteau qu'elle s'apprêtait à plonger dans la bête. Mais quand le moment tant attendu arriva enfin et que la lame tranchante entama les chairs du volatile, faisant jaillir la farce, un murmure de satisfaction s'éleva tout autour de la table, et même Tout-Petit Tim se mit à taper sur la table avec le manche de son couteau.

Jamais on n'avait vu une telle oie. Bob dit que c'était l'oie la plus incroyable que quiconque ait jamais fait cuire. Sa tendreté, sa saveur et sa taille suscitaient une admiration unanime et sans bornes.

Avec la sauce aux pommes et la purée de pommes de terre, c'était un dîner largement suffisant pour toute la famille. Les deux petits derniers en particulier étaient barbouillés de sauce à la sauge et à l'oignon jusqu'aux sourcils !

À ce moment-là, alors que mademoiselle Bélinda s'employait à débarrasser la table pour faire de la place aux assiettes à dessert, madame

Cratchit sortit de la pièce, toute seule – elle était bien trop nerveuse pour tolérer le moindre témoin –, car il était temps d'aller chercher la bûche de Noël.

Restés à table à l'attendre, les convives ne pouvaient s'empêcher de s'inquiéter. Et si la bûche n'était pas assez cuite ? Et si elle s'était complètement désagrégée ? Et si quelqu'un avait sauté le mur donnant sur la cour et volé la bûche tandis qu'ils se délectaient de l'oie ? Ils avaient beau faire, ils n'arrivaient pas à s'empêcher de s'imaginer les mille et une façons dont les choses avaient pu aller de travers.

Pendant ce temps, madame Cratchit arriva devant la bassine de cuivre. Mais qu'il y avait donc de la vapeur !

Elle sortit la bûche de Noël, qui fleurait bon la lessive. Quel beau mélange d'odeurs appétissantes, qui lui rappelait pêle-mêle les arômes qu'on pouvait sentir dans un restaurant, ou en passant devant la maison du pâtissier et de la lavandière, tout cela émanant de la fameuse bûche de Noël qu'elle s'était donné tant de mal à préparer.

Il fallut moins d'une minute à madame Cratchit pour revenir dans la pièce, un peu rouge, mais avec un sourire fier. Décorée d'un brin de houx planté sur le dessus, la bûche avait été flambée avec une tasse de cognac et était maintenant surmontée de flammes qui dansaient avec entrain.

Mais quelle bûche merveilleuse !

Bob Cratchit dit, très sérieusement, qu'il la considérait comme la plus belle réussite culinaire de madame Cratchit depuis leur mariage.

Tout le monde y alla de son commentaire sur le sujet, mais il ne vint à l'idée de personne de faire remarquer que c'était au fond une très petite bûche pour une si grande famille.

Au bout d'un moment, le dîner terminé, la table fut débarrassée, le foyer balayé et le feu ravivé.

La boisson citronnée fabriquée par Bob fut goûtée et décrétée parfaite. Toute la famille Cratchit se rassembla alors autour du foyer. On sortit toutes les possessions en verre de la famille pour les poser près de Bob – deux verres et un petit pot à crème sans poignée.

Se saisissant de la cruche, il y versa la boisson qu'il avait préparée, et ces modestes récipients remplirent parfaitement leur office

– ils auraient pu être en or que cela n'y aurait rien changé.

Bob dit alors :

« Un joyeux Noël à tous, mes chéris. »

Tout était absolument parfait.

Le Pudding aux figues

Chant traditionnel

Nous vous souhaitons un joyeux Noël
Nous vous souhaitons un joyeux Noël
Nous vous souhaitons un joyeux Noël
et une bonne année.
Nous vous apportons de bonnes nouvelles,
à vous et à vos proches.
Nous vous souhaitons un joyeux Noël
et une bonne année.

Le Pudding aux figues

Maintenant, apportez-nous du pudding aux figues
Maintenant, apportez-nous du pudding aux figues
Maintenant, apportez-nous du pudding aux figues
et apportez-en encore un peu ici.

Nous vous souhaitons un joyeux Noël...

Car nous aimons tous le pudding aux figues
Car nous aimons tous le pudding aux figues
Car nous aimons tous le pudding aux figues
alors, apportez-en encore un peu ici.

Nous vous souhaitons un joyeux Noël...

Et nous ne partirons pas avant d'en avoir eu !
Et nous ne partirons pas avant d'en avoir eu !
Et nous ne partirons pas avant d'en avoir eu !
Alors, apportez-en encore un peu ici.

Nous vous souhaitons un joyeux Noël...

Les Premières Chaussettes de Noël 306

La Petite Fille aux allumettes 314

Le Petit Déjeuner de Noël des quatre filles du docteur March 322

Le Panier de Noël de tante Cyrilla 333

BONNE VOLONTÉ ET GÉNÉROSITÉ

Le Coucou de Noël 346

Monsieur Chien joue les Pères Noël 357

Le Noël de Monsieur Scrooge 367

Les Douze Jours de Noël 377

Les Premières Chaussettes de Noël

Un extrait du livre *La Vie et les aventures du Père Noël*
de L. Frank Baum

Cet extrait fait partie d'une histoire qui raconte comment le Père Noël inventa les premiers jouets, puis comment, avec l'aide de ses rennes Flossie et Glossie, il se mit à visiter toutes les maisons du monde pour distribuer ses cadeaux aux enfants.

Avant que le Père Noël n'entame sa série de tournées, aucun enfant n'avait jamais eu la joie de posséder un jouet. On comprend facilement que ces derniers se soient multipliés comme des petits pains dans les maisons de ceux qui avaient eu la chance de recevoir la visite du brave homme.

Tous les jours, ils parlaient de lui avec beaucoup d'affection, car ils lui étaient reconnaissants de ses exploits et de sa générosité.

Quand la nuit du réveillon de Noël arriva, de superbes cadeaux avaient été préparés : il ne restait plus qu'à les charger sur le grand traîneau pour les apporter aux enfants. Le Père Noël remplit trois sacs à ras bord et truffa de jouets le moindre espace libre qu'il put trouver sur son traîneau.

Puis, à l'aube, les dix rennes apparurent, et Flossie les présenta tous au Père Noël. Ils s'appelaient Coureur et Meneur, Téméraire et Hors-Pair, Sans-peur et Sans-reproche, Prêt et Enposition et, avec Glossie et Flossie, ils composent encore aujourd'hui l'attelage de dix rennes qui parcourent le monde sous la houlette de leur généreux maître. Ils étaient tous très beaux, avec des membres élancés, des bois immenses, des yeux noirs et des manteaux lisses à la couleur fauve tachetés de blanc.

Le Père Noël les aima instantanément et, aujourd'hui encore, il les aime toujours autant, car ce sont des amis fidèles, qui lui ont rendu quantité de services inestimables. Leur nouveau harnais leur allait à merveille, et bientôt, ils furent tous attachés au traîneau par paires, Glossie et Flossie en tête. Les rennes avaient été équipés de clochettes, et ils étaient

tellement ravis de la musique qu'ils produisaient, qu'ils ne cessaient de se cabrer pour les faire tinter.

Le Père Noël s'assit dans le traîneau, posa une couverture chaude sur ses genoux et une casquette en fourrure sur sa tête et ses oreilles, puis il leva son fouet pour faire signe aux rennes de s'élancer. Instantanément, les dix rennes bondirent en avant et filèrent comme le vent, tandis que le Père Noël tout heureux riait de les voir fuser ainsi. Il commença alors à chanter une chanson de sa grosse voix joviale et chaleureuse :

« *Avec un ho, ho, ho !*
Et un ha, ha, ha !
Et un ho, ho, ha, ha, hon !
Telle une flèche, nous filons

Sur la neige gelée,
Plus heureux que jamais !
Tous les cadeaux que nous apportons
Feront la joie des filles et des garçons
Et vous pouvez me croire, ils seront nombreux
Nous en distribuerons dans le monde entier
Lors de notre tournée nocturne endiablée
Sur la neige qui crisse et étincelle de mille feux ! »

C'est justement le jour de cette veille de Noël que la petite Margot, son frère Dick et leurs cousins Ned et Sarah décidèrent de faire un bonhomme de neige. Les vêtements des enfants étaient trempés, leurs mitaines dégoulinaient et

leurs chaussettes étaient complètement imbibées. Personne ne les gronda, car la mère de Margot savait que la neige était en train de fondre, mais ils furent envoyés au lit plus tôt afin que leurs vêtements aient le temps de sécher.

Les chaussures furent placées sur les tuiles rouges du foyer, là où rayonnait la chaleur dégagée par les braises chaudes, et les chaussettes furent soigneusement suspendues au plateau de la cheminée, au-dessus du foyer.

Le Père Noël ne pouvait donc pas manquer de les remarquer quand il arriva en bas de la cheminée cette nuit-là, alors que toute la maisonnée était profondément endormie.

Il était horriblement pressé, et voyant pendre des chaussettes qui appartenaient clairement aux enfants, il les garnit rapidement de cadeaux et remonta prestement par la cheminée. Sa réapparition sur le toit fut si soudaine que les rennes furent stupéfaits par sa rapidité.

« Qu'est-ce que j'aimerais qu'ils suspendent tous leurs chaussettes ainsi », pensa le Père Noël tandis qu'il se dirigeait vers la cheminée suivante. Cela me permettrait d'économiser un temps précieux, et comme ça, je pourrais rendre visite à un plus grand nombre d'enfants. »

Le lendemain matin, lorsque Margot, Dick, Ned et Sarah sautèrent de leur lit et se ruèrent en bas pour récupérer leurs chaussettes laissées à sécher sur la cheminée, ils eurent le plaisir de découvrir tous les cadeaux que le Père Noël avait mis dedans. En fait, ils trouvèrent plus de cadeaux dans leurs chaussettes que ce qu'aucun autre enfant de la ville n'avait reçu, car le Père Noël était si pressé qu'il n'avait pas pris le temps de compter les jouets.

Bien sûr, les enfants s'empressèrent de faire part de leur merveilleuse aventure à leurs petits amis, et très logiquement, chacun d'entre eux décida de suspendre ses propres chaussettes devant la cheminée lors du prochain réveillon de Noël.

L'année suivante, quand il partit distribuer ses jouets, le Père Noël trouva tant de chaussettes accrochées en prévision de sa visite qu'il mit moitié moins de temps que d'habitude à faire sa tournée. Année après année, la coutume se répandit, facilitant grandement la tâche du Père Noël. Et avec tous les enfants auxquels il doit rendre visite, il est certain qu'il a besoin de toute l'aide que nous pouvons lui apporter !

La Petite Fille aux allumettes

Adapté d'une histoire de Hans Christian Andersen

Il faisait terriblement froid. La neige tombait à gros flocons et il faisait très sombre, car la nuit tombait. Une pauvre petite fille allait pieds nus, progressant lentement le long de la rue. Quand elle était sortie de chez elle ce matin-là, elle avait encore des chaussures. Mais comme elles étaient beaucoup trop grandes, la pauvre petite fille les avait perdues alors qu'elle se hâtait de traverser la rue. Elle avait cherché à les retrouver, mais l'une avait disparu, et l'autre avait été ramassée par un jeune garçon qui s'était empressé de partir en courant, la chaussure à la main.

C'est ainsi que la petite fille s'était retrouvée pieds nus, et bien qu'elle n'ait cessé de marcher, ses pauvres orteils étaient maintenant bleus de froid. Dans son vieux tablier, elle transportait des petites boîtes d'allumettes, et elle en avait aussi une dans la main. Tous les jours, elle tentait de vendre ses allumettes aux passants pour gagner un peu d'argent. Mais aujourd'hui, personne ne lui avait rien acheté, et on ne lui avait même pas glissé ne serait-ce qu'une toute petite pièce de monnaie. Pauvre petite fille !

Les flocons de neige tombaient sur ses longs cheveux blonds et bouclés. Toutes les fenêtres étaient éclairées, et une délicieuse odeur d'oie rôtie chatouillait ses narines, car c'était la veille du Nouvel An.

Dans un coin entre deux maisons, elle s'assit sur le sol en frissonnant. Elle glissa ses petits pieds sous elle, mais cela ne l'empêcha pas d'avoir de plus en plus froid. Elle n'osait pas rentrer chez elle alors qu'elle n'avait pas vendu la moindre allumette. De toute façon, il faisait tout aussi froid à la maison, car elle était vétuste et ses murs et son toit étaient percés de trous.

Ses petites mains étaient presque gelées par le froid. La fillette n'arrêtait pas de se dire que, si elle craquait une seule et unique allumette, cela lui ferait du bien, si seulement elle parvenait à en extraire une de sa boîte et à la frotter contre le mur. Finalement, elle parvint à en attraper une et l'alluma. *Fzzzz* !

L'allumette se mit à flamboyer ! Elle émettait une flamme chaude et lumineuse pareille à celle d'une petite bougie, et la petite fille passa alternativement ses deux mains au-dessus pour les réchauffer.

C'était une lumière absolument merveilleuse. Elle donnait vraiment l'impression à la petite fille d'être assise devant un grand poêle en fer avec des pieds en laiton poli. Il émettait tant de chaleur que la petite fille étendit ses jambes pour réchauffer aussi ses pieds.

Comme elle se sentait bien ! Mais quand la flamme s'éteignit, le poêle se volatilisa, et il ne resta rien que l'allumette entièrement consumée dans sa main.

Elle frotta une autre allumette contre le mur. Sa flamme se mit à luire vivement et, partout où elle éclairait sur le mur, celui-ci devint aussi transparent qu'un voile, permettant ainsi à la fillette de voir ce qu'il y avait dans la pièce située derrière. Elle vit une table recouverte d'une grande nappe d'un blanc immaculé, sur laquelle était disposé un superbe service de table en porcelaine.

Au milieu, il y avait un grand plat occupé par une oie rôtie farcie de pommes, qui fumait encore en dégageant un fumet absolument délicieux. Et puis la scène devint encore plus extraordinaire, car l'oie sauta de la table et commença à avancer vers la petite fille en se dandinant, sans paraître se

soucier du couteau et de la fourchette encore fichés dans sa poitrine.

Mais à ce moment-là, l'allumette s'éteignit, et la fillette ne vit plus rien qu'un mur épais et humide.

Elle alluma une autre allumette. Aussitôt, elle se retrouva devant un sapin de Noël encore plus beau, plus grand et beaucoup mieux décoré que celui qu'elle avait vu à travers les portes vitrées du plus riche marchand de la ville.

Des centaines de bougies brûlaient sur ses branches vertes et des boules lumineuses semblables à celles qu'elle avait vues dans les vitrines des magasins scintillaient de mille feux. L'enfant tendit les mains vers le merveilleux sapin, mais à ce moment-là, l'allumette s'éteignit.

Cependant, au lieu de disparaître, les

lumières du sapin de Noël semblèrent monter vers le ciel. Elles ressemblaient maintenant à des étoiles du paradis. Sa grand-mère disparue qu'elle avait tant aimée lui avait dit un jour qu'apercevoir une étoile filante dans le ciel était un mauvais présage.

Elle gratta une autre allumette contre le mur et, de nouveau, jaillit une vive lumière. Et dans cette lumière éclatante, juste devant elle, apparut sa chère grand-mère, à la fois lumineuse et radieuse, bonne et douce, qui semblait plus heureuse qu'elle ne l'avait jamais été de son vivant.

« Oh, Grand-Mère, s'écria l'enfant, emmène-moi avec toi. Je sais que tu vas te volatiliser quand l'allumette cessera de brûler. Toi aussi, tu vas disparaître, comme le poêle si chaud, le superbe festin du Nouvel An ou le splendide sapin de Noël. »

Terrorisée à l'idée que l'apparition disparaisse, la fillette continua de frotter des allumettes jusqu'à ce qu'il n'y en ait plus une seule dans la boîte.

Elles brûlèrent d'une lueur si vive qu'il faisait plus clair qu'en plein jour. Sa grand-mère n'avait jamais semblé si belle. Elle prit la petite fille dans ses bras et, ensemble, elles s'envolèrent joyeusement et glorieusement, montant de plus haut en plus haut, loin au-dessus de la Terre. Plus jamais elles ne connaîtraient ni la faim, ni le froid, ni aucun autre besoin.

Le Petit Déjeuner de Noël des quatre filles du docteur March

Un extrait du livre *Les Quatre Filles du docteur March*
de Louisa May Alcott

Jo, Meg, Beth et Amy viennent d'apprendre que leur mère n'a pas les moyens de leur acheter des cadeaux de Noël cette année : elle ne pourra donc leur offrir qu'un livre et un dollar à chacune. Avec cet argent, les quatre sœurs ont décidé d'acheter des cadeaux à leur mère : des mouchoirs, des pantoufles, des gants et un flacon d'eau de Cologne. Leur père est loin de la maison, parti à la guerre.

Jo fut la première à se réveiller dans l'aube grise du matin de Noël. Il n'y avait aucune chaussette suspendue au coin du feu, et pendant un instant, elle en fut très chagrinée.

Mais très vite, elle se remémora la promesse de sa mère et, glissant la main sous son oreiller, elle découvrit un petit livre à la couverture rouge. Elle réveilla Meg en lui lançant : « Joyeux Noël ! » et la pressa de regarder ce qu'il y avait sous son propre oreiller : c'était un livre à la couverture verte. À leur tour, Beth et Amy se réveillèrent et plongèrent la main sous leurs oreillers, et elles aussi trouvèrent des petits livres : l'un était gris tourterelle et l'autre d'un joli bleu. Les quatre sœurs s'assirent pour les examiner de plus près et échanger leurs commentaires.

Puis on n'entendit plus dans les chambres que le bruit des pages lentement tournées, tandis que le Soleil d'hiver commençait à poindre, ses rayons caressant tendrement les quatre têtes studieuses telle une salutation de Noël.

« Où est Maman ? » demanda Meg à Hannah quand elles descendirent pour remercier leur mère.

Hannah vivait avec la famille depuis la naissance de Meg. Elle était considérée par tout le monde comme une amie plutôt que comme une domestique.

« Un pauvre est venu lui demander l'aumône, et votre mère l'a aussitôt suivi pour voir ce dont on pouvait avoir besoin chez eux. Elle est si généreuse, votre mère, il n'y en a pas deux comme elle, répondit Hannah.

– Elle sera bientôt de retour, je pense : dépêchons-nous de tout préparer ! dit Meg en sortant les cadeaux destinés à sa mère d'un panier qui avait été dissimulé sous le canapé. Mais où est passé le flacon d'eau de Cologne d'Amy ?

– Elle l'a repris il n'y a pas une minute, pour y mettre un ruban ou je ne sais quoi, répondit Jo tandis qu'elle dansait dans la chambre dans l'intention louable d'assouplir les pantoufles neuves qu'elle comptait offrir à sa mère.

– Ils sont jolis, mes petits mouchoirs, n'est-ce pas ? Hannah les a lavés et repassés, et je les ai marqués moi-même, dit Beth, en regardant avec satisfaction les lettres quelque peu irrégulières qu'elle s'était donné tant de mal à broder.

– Oh ! Tu as écrit “Maman” au lieu de “Mme March”. Que c'est drôle ! s'écria Jo en brandissant un mouchoir.

– Ce n'est pas bien ? J'ai pensé que c'était mieux ainsi, parce que Meg a les mêmes initiales, et que je ne veux pas que quelqu'un d'autre que Mamounette se serve de ses mouchoirs, dit Beth, visiblement troublée.

– Mais non, c'est très bien, chérie, au contraire, c'est une bonne idée : maintenant, plus personne ne pourra s'y tromper, et je suis sûre que cela fera très plaisir à Maman.

– Maman vient d'arriver. Cachez vite le panier ! » s'écria Jo en entendant une porte claquer et des pas se diriger vers le salon.

Mais ce fut une Amy tout essoufflée qui fit son apparition, et qui fut très surprise de se retrouver face à ses trois sœurs.

« Où étais-tu, et que caches-tu derrière ton dos ? demanda Meg.

– Je suis seulement allée changer mon tout petit flacon d'eau de Cologne contre un grand et, cette fois, j'ai dépensé tout mon argent pour Maman. »

Tout en parlant, Amy leur montra le beau flacon qui avait remplacé son cadeau trop modeste et, à ce moment-là, son expression était si sincère et si touchante que Meg courut la prendre dans ses bras, tandis que Beth se précipitait à la fenêtre pour cueillir la plus belle de ses roses, car le majestueux flacon méritait une décoration digne de ce nom.

Elles entendirent la porte d'entrée s'ouvrir à nouveau et, en un instant, le panier fut de nouveau dissimulé sous le canapé, et les filles s'installèrent à table, impatientes d'attaquer le petit déjeuner.

« Joyeux Noël, Mamounette ! Et merci pour nos livres ! s'écrièrent-elles en chœur.

– Joyeux Noël, mes chères petites filles. Je tiens à vous dire un mot avant que nous nous mettions à table. Non loin de chez nous vit une pauvre femme avec un nouveau-né. Elle a six autres enfants qui doivent rester blottis les uns contre les autres dans un lit pour ne pas geler, car ils n'ont pas de feu. Il n'y a rien à manger là-bas, et l'aîné des garçons est venu me dire qu'ils mouraient de faim et de froid. Mes filles, accepteriez-vous de leur offrir votre petit déjeuner comme cadeau de Noël ? »

Les quatre sœurs étaient affamées, car cela faisait près d'une heure qu'elles attendaient, et pendant une minute, elles restèrent silencieuses... Mais leur hésitation ne dura pas une seconde de plus, et Jo s'exclama :

« Je suis tellement contente que nous n'ayons pas commencé à manger avant ton retour !

– Pourrai-je vous aider à porter tout cela à ces pauvres petits enfants ? demanda Beth avec empressement.

– C'est moi qui porterai la crème et les

muffins », ajouta Amy, car c'était justement les mets qu'elle préférait.

Quant à Meg, elle avait déjà commencé à couvrir les crêpes pour les garder au chaud et à empiler les tranches de pain dans une grande assiette.

« Je me doutais que vous seriez d'accord, dit madame March avec un grand sourire satisfait. Vous allez toutes venir avec moi et, quand nous reviendrons, nous nous contenterons de pain et de lait pour notre petit déjeuner. Nous nous rattraperons au dîner. »

Elles furent bientôt prêtes, et la petite procession se mit en route.

Elles arrivèrent alors devant une demeure misérable composée d'une pièce unique nue et pitoyable, avec des fenêtres aux vitres cassées, sans aucun chauffage, avec des draps en haillons, une mère malade, un bébé qui pleurait et un groupe d'enfants pâles et affamés qui se pelotonnaient sous une seule et unique couverture élimée dans l'espoir de se garder mutuellement au chaud.

Quand ils virent entrer la famille March, leurs yeux s'écarquillèrent et leurs lèvres bleuies par le froid s'étirèrent dans un grand sourire.

« Voilà des anges qui viennent nous rendre visite ! » dit la pauvre femme en pleurant de joie.

Hannah fit du feu avec le bois qu'elle avait apporté, et reboucha les fenêtres en collant du papier devant les carreaux cassés. Madame March donna du thé et du gruau à la mère, et revêtit le petit bébé de vêtements chauds aussi tendrement que s'il s'était agi de son propre enfant. Les quatre sœurs installèrent la nourriture sur la table et firent asseoir les enfants autour du feu, puis elles leur donnèrent la becquée comme à de petits oiseaux affamés.

Ce fut un petit déjeuner très joyeux, même si elles n'en mangèrent pas une miette. Quand elles s'en allèrent après avoir fait le bonheur de ces pauvres gens, il n'y avait pas dans toute la ville de jeunes filles plus heureuses que les quatre sœurs qui avaient fait don de leur petit déjeuner en ce matin de Noël.

« C'est donc cela, aimer son prochain plus que soi-même ! » dit Meg.

Pendant que leur mère était à l'étage à la recherche d'habits pour la famille en difficulté, les quatre sœurs se hâtèrent de poser ses cadeaux sur la table.

C'était bien peu de chose mais madame March fut très touchée, car ils avaient été faits avec beaucoup d'affection.

Le Panier de Noël de tante Cyrilla

Adapté d'une histoire de L. M. Montgomery

Quand Lucie Rose se retrouva face à tante Cyrilla qui venait d'arriver au bas des escaliers, et qu'elle vit le grand panier qu'elle portait, la jeune fille laissa échapper un petit soupir.

« Tante Cyrilla, l'implora-t-elle, vous n'allez pas vous encombrer de ce panier si peu élégant pour aller à Pembroke – nous sommes quand même le jour de Noël !

– Je me moque bien de l'aspect qu'il a, répliqua calmement tante Cyrilla. Si cela te dérange de marcher aux côtés d'une vieille campagnarde qui porte un panier, tu peux marcher quelques pas derrière moi. »

Elle hocha la tête pour ponctuer ses dires et adressa un sourire jovial à sa nièce.

« Maintenant, réfléchissons... poursuivit-elle. Que vais-je prendre ? Ce gros cake aux fruits et ces trois tartelettes fourrées aux fruits secs. Cette assiette de biscuits fourrés à la gelée et de

beignets fera plaisir aux enfants, tout comme ces bonbons à la crème et ces sucres d'orge. Et des pommes, bien sûr, et deux pots de ma confiture de prunes. Et des sandwiches, et un quatre-quarts pour le goûter. Sur le dessus, je vais mettre les cadeaux pour les enfants. Ici la poupée pour Daisy et là, le petit bateau pour Ray. Voyons, est-ce que c'est tout bon ?

– Il y a un poulet rôti qui refroidit dans le garde-manger », rétorqua Lucie Rose avec animosité.

Tante Cyrilla lui répondit d'un grand sourire.

« Puisque tu m'y as fait penser, nous allons aussi prendre ce poulet. »

Malgré sa mauvaise humeur, Lucie Rose l'aida à emballer la volaille. Mais quand tante Cyrilla noua ensemble les pans de tissus qui pendaient de chaque côté du panier pour le refermer, Lucie Rose considéra l'ensemble fort peu gracieux d'un air chagriné :

« Un jour je vais brûler ce panier. Comme ça, nous arrêterons enfin de le trimballer partout avec nous ! »

Oncle Léopold arriva à ce moment-là, en secouant la tête.

« Je ne pense pas que vous puissiez aller à Pembroke demain, dit-il. Il va y avoir une tempête. »

Le lendemain matin, ignorant le ciel chargé de gros flocons, oncle Léopold conduisit Lucie Rose et tante Cyrilla à la gare.

Quand elles montèrent dans le train, tante Cyrilla adressa un regard radieux à ses compagnons de route. Ils étaient peu nombreux : il y avait une petite jeune femme avec un bébé et quatre autres enfants, une jeune fille avec un joli visage pâle, un jeune homme en uniforme kaki, une vieille dame très distinguée enveloppée dans un manteau en peau de phoque et, en face, un jeune homme mince avec des lunettes.

« Un pasteur, se dit tante Cyrilla. Cette femme en manteau de fourrure a l'air contrariée par quelque chose, et ce jeune homme va se retrouver à l'hôpital s'il ne fait pas plus attention. »

Ils devaient atteindre Pembroke le soir même, mais la tempête devint de plus en plus mauvaise. Par deux fois, le train dut s'arrêter le temps de dégager la voie à coup de pelles.

Mais la troisième fois, le train resta coincé. Le crépuscule commençait à tomber quand le conducteur fit son entrée dans le train.

« Impossible d'avancer ou de reculer : la voie est bloquée sur des kilomètres. Il n'y a aucune gare à proximité. J'ai bien peur que nous soyons coincés ici pour la nuit. »

Tante Cyrilla baissa les yeux sur son panier.

« En tout cas, nous ne mourrons pas de faim », dit-elle.

La dame au manteau de fourrure semblait plus contrariée que jamais et deux des enfants présents se mirent à pleurer. Tante Cyrilla sortit quelques pommes et quelques sucres d'orge de son panier. Elle installa l'un des enfants sur ses genoux plantureux et, très vite, ses frères et sœurs formèrent un cercle autour de la brave dame.

Le reste des voyageurs se déplaça dans un coin du train et tous commencèrent à discuter les uns avec les autres. Le jeune homme en uniforme kaki expliqua qu'il était vraiment triste que cet incident l'empêche de rentrer chez lui pour les fêtes de Noël.

« Je suis arrivé à Halifax il y a trois jours, et j'ai immédiatement télégraphié à mes parents que je serai là pour partager le repas de Noël avec eux. Ils vont être tellement déçus... »

Tante Cyrilla lui passa une pomme.

« Nous étions tous attendus chez Grand-Père pour Noël, dit l'aîné des enfants de la famille nombreuse. Nous n'étions encore jamais allés chez lui : c'est vraiment dommage. »

La jolie jeune fille au visage pâle s'approcha et prit le bébé des bras de sa mère épuisée.

« Aviez-vous également prévu de passer Noël en famille ? demanda tante Cyrilla.

– Je suis juste une vendeuse sans emploi : je me rends à Pembroke dans l'espoir d'en trouver. »

Tante Cyrilla alla jusqu'à son panier et en sortit la boîte de bonbons à la crème.

« Puisque nous sommes là, autant nous amuser. Nous allons tout faire pour passer un bon moment ! »

Au fur et à mesure qu'ils se régalaient du contenu du panier, ils étaient de plus en plus joyeux, et même la dame au manteau de fourrure semblait de meilleure humeur.

Un par un, les enfants s'endormirent. Tante Cyrilla et la jeune fille au visage pâle aidèrent la mère à leur installer des lits.

« Il faut que nous trouvions des cadeaux de Noël pour ces petits, dit le jeune homme en uniforme kaki. Nous allons accrocher leurs chaussettes sur le mur et les remplir du mieux que nous pouvons. Je n'ai rien sur moi qui ressemble à un cadeau, mais j'ai un peu d'argent et un couteau. Je vais donner une petite pièce à chacun des petits, et le couteau au grand garçon.

– C'est pareil pour moi : je n'ai rien, à part de l'argent », dit la femme au manteau de fourrure.

Tante Cyrilla regarda la mère de famille, qui s'était endormie.

« J'ai un panier là-bas, dit tante Cyrilla

d'une voix ferme, avec quelques cadeaux dedans. Je vais les leur donner. Si vous voulez leur offrir de l'argent, j'imagine que le mieux est de le donner à leur mère. Nous pourrions constituer une petite cagnotte : ça lui fera un beau cadeau de Noël. »

Le jeune homme en uniforme kaki fit passer sa casquette et tout le monde apporta sa contribution.

Pendant ce temps, Lucie Rose alla chercher le panier. Jusqu'ici, Lucie Rose n'avait jamais accepté ne serait-ce que de toucher ce panier qu'elle détestait !

Le bateau de Ray fut offert à Jacky, et la poupée de Daisy à sa sœur aînée. Ensuite, les chaussettes des enfants furent remplies avec des beignets et des biscuits fourrés à la gelée, et l'argent fut mis dans une enveloppe qu'ils épinglèrent sur la veste de la mère.

Quand vint le matin, la tempête faisait encore rage. Les enfants se réveillèrent et, mus par une joie incrédule, ils se précipitèrent vers leurs chaussettes gonflées de cadeaux. La mère trouva l'enveloppe et se confondit en remerciements. Puis le conducteur vint les voir pour leur dire qu'ils allaient passer la journée de Noël dans le train.

Tante Cyrilla se montra à la hauteur de la situation.

« J'ai des rations d'urgence, déclara-t-elle. J'ai un sandwich pour chacun, et il reste des biscuits et des beignets. »

Ils attaquèrent le repas de Noël à midi. Le pasteur coupa le poulet avec le couteau du garde-frein, et le jeune homme en uniforme kaki partagea les tartelettes aux fruits secs. Des bouts de papier furent utilisés en guise d'assiettes.

Tout le monde déclara que c'était le meilleur repas qu'ils avaient jamais fait. Deux heures plus tard, quand le conducteur du train vint leur dire qu'ils allaient bientôt repartir, tous avaient du mal à croire qu'ils ne se connaissaient que depuis vingt-quatre heures.

Une fois arrivés à la gare suivante, tous se séparèrent. Avant de partir, la femme au manteau de fourrure vint serrer la main de tante Cyrilla : elle n'avait plus l'air contrarié du tout.

« Ç'a été le Noël le plus plaisant que j'ai jamais passé, dit-elle chaleureusement. Je n'oublierai jamais votre merveilleux panier. J'emmène la petite vendeuse avec moi : je lui ai promis une place dans le magasin de mon mari. »

Quand tante Cyrilla et Lucie Rose arrivèrent à Pembroke, elles se rendirent compte que, comme on ne les attendait plus, personne n'était venu les chercher. Tante Cyrilla décida qu'elles iraient à pied.

« Je vais porter le panier, dit Lucie Rose. Je l'adore à présent. »

Le Coucou de Noël

Adapté d'une histoire de Frances Browne

Il était une fois un village qui était situé au beau milieu d'une lande déserte et désolée.

Ses habitants étaient pauvres, mais les plus pauvres de tous étaient deux cordonniers, deux frères appelés Récureur et Parcimonieux.

Quand Noël arriva, ils n'avaient en tout et pour tout qu'un pain d'orge et un morceau de lard pour leur tenir lieu de repas. Mais pire encore, la neige était si épaisse qu'ils ne pouvaient même pas aller chercher du bois de chauffage.

Leur cabane était située tout au bout du village. Au-delà s'étendait la lande, désormais blanche et silencieuse. Cependant, il y a bien longtemps, cette lande avait été une forêt – et on pouvait encore trouver à certains endroits les grandes racines des arbres qui s'étaient trouvés là. L'une d'entre elles saillait juste devant leur porte, et Parcimonieux dit à son frère :

« Allons-nous rester là à attendre de mourir de froid, alors que nous avons cette grande racine juste devant chez nous ? Nous devrions l'arracher et l'utiliser pour le feu. »

Les deux frères s'efforcèrent donc d'arracher la vieille racine, et bientôt l'énorme racine se retrouva dans le foyer et se mit à crépiter.

Très contents, les cordonniers s'assirent pour manger leur pain et leur lard. Tout à

coup, ils entendirent une voix s'élever de la racine en train de brûler :

« Coucou ! Coucou !

– Mais qu'est-ce que c'est ? » dit Récureur, terriblement effrayé.

Et d'un trou situé sur le côté de la racine que le feu n'avait pas encore atteint, un grand coucou gris sortit à tire-d'aile, qui leur dit :

« Bien le bonjour, messieurs. Puis-je vous demander quel jour nous sommes ?

– C'est le jour de Noël, répondit Parcimonieux.

– Alors, joyeux Noël à vous ! dit le coucou. Je me suis endormi dans un trou à l'intérieur de cette vieille racine un soir d'été, et je ne me suis pas réveillé jusqu'à ce que la chaleur de votre feu me fasse penser que c'était l'été à nouveau. Permettez-moi de rester dans votre cabane jusqu'à ce que le printemps arrive – et après avoir repris mes voyages, l'été prochain, je vous rapporterai des cadeaux.

– Reste et sois le bienvenu, dit Parcimonieux. Je vais te creuser un beau nid bien chaud dans le chaume de notre toit. Mais tu dois avoir faim après un si long sommeil ? Tiens, voilà une tranche de pain d'orge. »

Le coucou mangea le pain et s'envola vers le nid douillet que Parcimonieux lui avait creusé.

Le temps passa, la neige fondit, puis vinrent de fortes pluies et il fit de moins en moins froid. Un matin ensoleillé, les frères furent réveillés par le coucou qui leur fit savoir que le printemps était arrivé.

« Il est temps pour moi de partir, dit l'oiseau. Dites-moi quel cadeau vous aimeriez que je vous rapporte dans douze mois à compter d'aujourd'hui. »

Récureur commença à se triturer l'esprit à la recherche d'une idée de cadeau.

« Près du puits situé sur le bord du monde, il y a deux arbres, dit le coucou. L'un d'eux est appelé l'arbre d'or, car ses feuilles sont toutes faites d'or. Quant à l'autre, il est toujours vert, comme le laurier. Ses feuilles ne tombent jamais, mais ceux qui parviennent à s'en procurer auront toujours le cœur joyeux, quels que soient les malheurs qui s'abattent sur eux.

– Brave coucou, rapporte-moi donc une feuille de cet arbre merveilleux ! s'écria Parcimonieux.

– Mais voyons, mon frère, ne sois pas stupide ! dit Récureur. As-tu mal entendu ? Il a parlé de feuilles en or ! Mon cher coucou, c'est une de celles-là que je voudrais que tu me rapportes ! »

Sur ces mots, le coucou s'envola par la porte ouverte.

Les saisons passèrent – d'abord le printemps, puis l'été, le temps de la récolte et enfin vint l'hiver.

Le matin du 1er avril, au lever du jour, les frères entendirent un bec frapper à leur porte, et une voix qui criait :

« Coucou ! Coucou ! Je vous apporte vos cadeaux ! »

Parcimonieux courut ouvrir la porte et le coucou entra en voletant. Dans son bec, il avait une feuille d'or d'un côté, et de l'autre, une feuille qui ressemblait à une feuille de laurier. Il donna celle-ci à Parcimonieux, et la première à Récureur. Jamais le cordonnier n'avait tenu de l'or véritable entre ses mains auparavant.

« Bien évidemment, c'était le bon choix !

dit-il en brandissant la grande feuille dorée.

– Gentil maître cordonnier, si ton frère est déçu de son choix, comme j'effectue le même trajet chaque année, je pourrai vous rapporter une autre feuille, à chacun d'entre vous – celle que vous voulez.

– J'en veux une autre en or ! » s'écria Récureur.

Mais Parcimonieux répondit encore :

« J'en voudrais une de l'arbre qui rend joyeux. »

Le coucou hocha la tête et s'en alla.

« Alors, comme ça, aujourd'hui, c'est la fête des imbéciles ? dit Récureur. A-t-on jamais vu un homme refuser une telle opportunité de devenir riche ? »

Mais en réponse, Parcimonieux se contenta de rire, ce qui énerva tellement Récureur qu'il déclara que son frère n'était pas digne de vivre avec un homme aussi respectable que lui, et il quitta la cabane sans se retourner.

Les villageois furent séduits par le bon sens de Récureur, particulièrement quand ce dernier leur montra la feuille d'or en leur expliquant que le coucou lui en rapporterait une chaque printemps. Une très jolie jeune fille du village appelée Jolieplume lui adressa alors un grand sourire. On les maria l'été suivant, et une grande fête fut organisée pour l'occasion. Tous les habitants du village vinrent y danser, sauf Parcimonieux qui n'avait pas été invité : son frère le considérait comme la honte de la famille.

Parcimonieux vivait toujours dans la même

cabane vétuste, et pour se nourrir, il devait se contenter de son carré de choux, mais les gens du village se faisaient souvent la remarque qu'il n'avait jamais l'air triste ni aigri.

Et le plus incroyable était qu'il arrivait la même chose à ceux qui se trouvaient en sa compagnie : eux aussi se sentaient devenir plus heureux et plus aimables.

Chaque 1er avril, le coucou venait taper à leurs portes avec une feuille d'or pour Récureur et une feuille verte pour Parcimonieux. Récureur dépensait les feuilles d'or, en ayant toujours l'impression de ne jamais en avoir assez, tandis que Parcimonieux ne se serait séparé pour rien au monde de ses feuilles qui avaient le pouvoir de rendre joyeux.

Plusieurs années s'écoulèrent ainsi, mais un jour, le grand seigneur auquel appartenait le village vint passer quelque temps dans la région. Il était toujours de fort méchante humeur.

Il tomba par hasard sur Parcimonieux qui était en train de cueillir du cresson dans un pré, et il commença à discuter avec le cordonnier. Personne ne put expliquer le pourquoi du comment, mais à compter de ce moment-là, le grand seigneur oublia tous ses malheurs et organisa de grandes fêtes dans son château !

Cette histoire étrange se répandit dans tout le royaume, et nombreux furent ceux qui vinrent discuter avec Parcimonieux. Et tous rentrèrent chez eux profondément heureux, quels qu'aient été les problèmes qui leur gâchaient la vie auparavant.

Le cordonnier devint si célèbre que sa réputation arriva aux oreilles de la Cour. Un messager royal fut alors envoyé à

Parcimonieux pour l'amener au palais immédiatement. Tout le monde se demanda pourquoi le roi s'intéressait à un homme si ordinaire. Mais plus les grands seigneurs discutaient avec lui, plus ils se sentaient le cœur léger : jamais la Cour n'avait été aussi gaie.

Quant à Parcimonieux, le roi lui attribua des appartements au sein même du palais, ainsi qu'un siège à sa table. Il resta à la Cour jusqu'à la fin de sa vie, heureux et honoré de tous, consacrant tout son temps à faire le bonheur des autres…

Monsieur Chien joue les Pères Noël

Un extrait du livre *Comment monsieur Lapin perdit sa queue* d'Albert Paine

Monsieur Chien vit près de l'Arbre creux, où habitent ses amis, les animaux des bois.

C'était l'hiver : Rouge-gorge, Tortue, Écureuil et Jeannot Lapin étaient tous rentrés chez eux pour l'hiver, et il ne restait plus personne dans l'Arbre creux, à l'exception de Raton laveur, de Opossum et du vieux Corbeau noir. Bien sûr, les autres venaient très souvent leur rendre visite – tout comme monsieur Chien.

Monsieur Chien leur faisait découvrir beaucoup de choses dont ils n'avaient jamais entendu parler auparavant, des choses qu'il avait apprises à la maison de monsieur l'Homme, et c'était peut-être l'une des raisons pour lesquelles il était si apprécié.

Entre autres choses, il leur parla du Père Noël, leur décrivant comment le vieil homme descendait par la cheminée le soir du réveillon pour apporter des cadeaux à monsieur l'Homme et à ses enfants, et comment ces derniers suspendaient toujours leurs chaussettes de Noël en prévision de son arrivée.

Et monsieur Chien leur raconta qu'une fois, lui aussi avait suspendu une chaussette de Noël à la cheminée, et le lendemain matin, il avait trouvé un bel os à l'intérieur.

Avant lui, les habitants de l'Arbre creux n'avaient jamais entendu parler du Père Noël.

Ils savaient ce qu'était Noël, bien sûr, parce que tout le monde le sait – mais ils n'avaient jamais entendu parler du Père Noël.

Alors, ils se dirent que s'ils suspendaient tous une chaussette de Noël, le Père Noël leur rendrait visite à eux aussi : c'est donc ce qu'ils décidèrent de faire.

Monsieur Opossum sortit toutes ses chaussettes pour s'assurer de choisir la plus grande de toutes, tandis que monsieur Corbeau se tricotait une nouvelle paire pour l'occasion.

Quand monsieur Chien sut ce qu'ils préparaient, il dut se retenir pour ne pas éclater de rire, car il savait que le Père Noël ne visitait que la maison de monsieur l'Homme. Il imaginait la tête que feraient les habitants de l'Arbre creux quand ils découvriraient le matin venu que les chaussettes qu'ils avaient suspendues seraient toujours aussi vides que la veille. Mais monsieur Chien n'aimait pas les voir triste. Il prit sa décision : il jouerait les pères Noël !

Les préparatifs lui demandèrent beaucoup de travail. Dans la grange de monsieur l'Homme, il trouva des brins de laine. Avec les plus grands, il se fit une barbe blanche, et il utilisa les brins les plus courts pour ajouter des bords blancs à son manteau et à ses bottes, ainsi que sur un vieux chapeau auquel il ajouta un pompon. Il emprunta ensuite un grand sac et le modifia afin de pouvoir le porter sur son dos exactement comme le Père Noël le faisait dans les images qui le représentaient.

Pour le remplir, il trouva beaucoup de beaux cadeaux. Pour commencer, il emprunta trois jeunes poulets bien tendres à monsieur l'Homme, puis il acheta quelques cravates neuves pour les habitants de l'Arbre creux. Il avait même encore d'autres choses, et quand il se décida à se mettre en route, son sac était déjà très lourd.

Au fur et à mesure qu'il avançait, il avait l'impression que le sac devenait de plus en plus lourd, et monsieur Chien fut soulagé de voir que le portail était ouvert en arrivant à destination.

Il déposa son sac pour se reposer une petite minute avant de monter les escaliers, puis il ouvrit la porte, tout doucement, aux aguets. Il n'y avait pas un bruit, à l'exception de la respiration légère de monsieur Corbeau, de monsieur Raton laveur et de monsieur Opossum. Monsieur Chien savait pertinemment qu'ils pouvaient se réveiller d'un instant à l'autre, et il aurait été vraiment dommage qu'ils le surprennent sur le fait. Il se glissa jusqu'au premier étage avec agilité et arriva dans le grand salon où étaient suspendues les chaussettes soigneusement alignées. Heureusement, chacune était pourvue d'une carte qui indiquait le nom de son propriétaire.

Il ouvrit alors son sac, décrocha les chaussettes de Noël et les remplit une à une. Il commença par y glisser différentes sortes de bonbons, des noix et d'autres petits cadeaux, puis il termina avec les sucres d'orge, en prenant soin de les faire dépasser.

Cela fit presque regretter à monsieur Chien de ne pas avoir pensé à prendre une chaussette pour lui et, oubliant totalement que ses amis pouvaient se réveiller, il s'assit dans un fauteuil pour contempler les chaussettes de Noël joliment remplies.

C'était un joli fauteuil à bascule, qui était situé dans un coin sombre où il était probable que nul ne le verrait, même si l'un de ses amis venait à se réveiller : monsieur Chien se sentit donc tout à fait en sécurité. Il se balança doucement, les yeux fixés sur les jolies chaussettes, en pensant à la joie que ses amis allaient ressentir le lendemain matin. Il était si épuisé qu'il n'avait plus le courage de bouger et, au bout de quelques instants, monsieur Chien s'endormit dans son fauteuil, toujours déguisé en Père Noël.

C'est là qu'il passa la nuit, son sac vide à la main, devant les chaussettes de Noël gonflées de cadeaux. Même quand le matin arriva et qu'il commença à faire clair, monsieur Chien ne se réveilla pas : il était trop fatigué pour ça.

C'est alors que la porte de la chambre de monsieur Opossum s'entrebâilla, laissant apparaître sa tête. Un instant plus tard, la porte de monsieur Raton laveur s'entrebâilla également, et sa tête apparut elle aussi. Et là, la porte de la chambre de monsieur Corbeau s'ouvrit, laissant apparaître une troisième tête. Tous avaient les yeux rivés sur leurs chaussettes, si bien qu'ils ne remarquèrent même pas la présence de monsieur Chien.

« Oh, il y a quelque chose dans ma chaussette de Noël ! s'écria monsieur Raton laveur.

– Oh, il y a quelque chose dans ma chaussette aussi ! dit monsieur Corbeau.

– Oh, toutes nos chaussettes sont remplies ! » s'exclama monsieur Opossum.

Tous les trois se mirent à pousser des cris de joie et se ruèrent sur leurs chaussettes. Monsieur Chien sauta de son fauteuil, ne sachant trop où il se trouvait.

« Oh, mais c'est le Père Noël en personne ! » crièrent-ils d'une même voix avant de se précipiter vers leurs chambres respectives, car ils venaient d'avoir la peur de leur vie. Mais en entendant alors le rire de monsieur Chien, les habitants de l'Arbre creux comprirent ce qu'il en était. Ils sortirent de leur chambre, et il fut bien obligé d'avouer que c'était lui qui avait tout manigancé.

Le Noël de Monsieur Scrooge

Un extrait du livre *Un chant de Noël* de Charles Dickens

Ebenezer Scrooge est un méchant homme qui vient de recevoir la visite de trois fantômes qui lui ont montré comme il s'était mal comporté par le passé, en particulier avec son commis, Bob Cratchit, et son neveu, Fred. Avant cette rencontre, Scrooge détestait Noël, mais les fantômes lui ont permis de découvrir à quel point cette fête est merveilleuse. L'histoire commence au moment où il se réveille, déterminé à changer.

« Je ne sais pas quel jour du mois nous sommes aujourd'hui ! dit Scrooge. Je ne sais pas combien de temps je suis demeuré parmi les esprits. Peu importe. Cela m'est bien égal. »

Il fut soudain interrompu par les cloches

des églises qui se mirent à faire résonner le carillon le plus plaisant qu'il ait jamais entendu.

Il courut à la fenêtre, l'ouvrit et sortit la tête. Pas de brume, pas de brouillard ; un froid clair, de ceux qui égayent et qui ravigotent. Un ciel divin, et des cloches joyeuses. Oh, c'était superbe !

« Quel jour sommes-nous aujourd'hui ? cria Scrooge de sa fenêtre à un petit garçon endimanché.

– Aujourd'hui ? répondit le garçon. C'est le jour de Noël !

– Le jour de Noël ! s'exclama Scrooge. Je ne l'ai donc pas manqué. Connais-tu la boutique du marchand de volailles, celle qui est située au coin de la deuxième rue en partant d'ici ?

– Vaudrait mieux pour moi, je crois ! répondit l'enfant.

– Mais quel garçon intelligent ! dit Scrooge. Un garçon remarquable ! Saurais-tu par hasard s'ils ont fini par vendre la dinde qui était suspendue dans la boutique ? La plus grosse ?

– Quoi, celle qui est aussi grosse que moi ? rétorqua le gamin.

– Mais quel charmant garçon ! dit Scrooge. Oui, mon petit, c'est bien de celle-là dont je parle !

– Elle est encore suspendue dans la boutique, monsieur, répondit le garçon.

– Vraiment ? dit Scrooge. Alors, tu vas aller l'acheter en demandant qu'on la fasse livrer ici. Tu accompagneras le livreur pour lui montrer où c'est, et je te donnerai un shilling. Si tu reviens dans moins de cinq minutes, je te donnerai même une demi-couronne ! »

Le garçon fila comme une flèche.

« Je vais la faire livrer chez Bob Cratchit ! chuchota Scrooge en se frottant les mains. Jamais il ne pourra deviner qui la lui a envoyée. »

Le garçon revint, ployant sous le poids de l'énorme dinde.

« Ma foi, tu ne pourras pas porter cette énorme chose jusqu'à Camden Town, dit Scrooge. Tu vas prendre un taxi. »

Le rire avec lequel il dit cela, et le rire avec lequel il paya la dinde, et le rire avec lequel il paya le taxi, et le rire avec lequel il récompensa le petit garçon ne furent surpassés que par le fou rire qui l'agita dès l'instant où il s'effondra dans son fauteuil, essoufflé et hors d'haleine, et il continua de rire jusqu'à en pleurer.

Il fit de son mieux pour s'habiller et sortit se promener dans la rue. Une foule bigarrée se pressait dehors, et Scrooge contemplait tout le monde avec un sourire ravi. Il alla à l'église, examinant les gens qui se pressaient ça et là, caressant la tête des enfants au passage et conversant avec les mendiants. Jamais il n'aurait pu se douter qu'une simple promenade puisse le rendre si heureux.

Dans l'après-midi, il se dirigea vers la demeure de son neveu. Il passa et repassa une bonne douzaine de fois devant la maison avant de trouver le courage de frapper à la porte.

« Monsieur est-il à la maison, ma chère enfant ? demanda Scrooge à la jeune fille charmante venue lui ouvrir.

– Oui, monsieur. Il est dans la salle à manger, avec Madame, répondit la jeune fille.

– Merci, mon enfant. Il me connaît, dit Scrooge. Je vais aller le voir dans la salle à manger. »

Tout doucement, il tourna la poignée de la porte, et passa la tête par la porte entrebâillée, avant de lancer :

« Fred ! C'est moi, ton oncle Scrooge. Je suis venu dîner avec vous. Veux-tu bien me laisser entrer ? »

S'il voulait bien ? C'est tout juste si les bras

ne lui en tombèrent pas de joie. Au bout de cinq minutes, Scrooge se sentit aussi à l'aise que dans sa propre maison.

Cependant, le lendemain, Scrooge se rendit à son travail de très, très bonne heure ! Si seulement il pouvait arriver le premier, et surprendre Bob Cratchit en flagrant délit de retard… Cela lui tenait vraiment à cœur.

À sa grande joie, tout se passa comme il le souhaitait. L'horloge sonna neuf coups. Pas de Bob. Un quart d'heure passa. Toujours pas de Bob. Il arriva avec exactement dix-huit minutes et demie de retard. Scrooge l'attendait, assis devant sa porte grande ouverte, afin d'être sûr de ne pas rater son arrivée.

Quand il entra enfin, Bob avait déjà ôté son chapeau et son cache-nez. En un clin d'œil, il fut installé sur son tabouret et se mit à faire courir sa plume sur le papier, comme pour rattraper son retard.

« Et alors ! grogna Scrooge. Je peux savoir pourquoi vous arrivez si tard ?

– Je suis désolé, Monsieur, répondit Bob. Je suis parti en retard.

– Ah, vraiment ? rétorqua Scrooge. C'est très logique. Parti en retard, arrivé en retard. Venez un peu par ici, s'il vous plaît.

– C'est exceptionnel, Monsieur, c'est particulier à ce jour de l'année, plaida Bob. Cela ne se reproduira pas.

– Je ne peux pas tolérer que les choses continuent comme ça plus longtemps, répliqua Scrooge. C'est la raison pour laquelle je vais... augmenter votre salaire ! »

Bob se mit à trembler.

« Joyeux Noël, Bob ! dit Scrooge avec un sérieux qui ne laissait pas le moindre doute sur

sa sincérité. Je vais augmenter votre salaire et m'efforcer de vous venir en aide, à vous et à votre famille : nous en discuterons cet après-midi. »

Scrooge fit encore plus que ce qu'il avait promis. Non seulement il tint sa parole, mais il devint le meilleur homme que la ville ait jamais connu – à vrai dire, le meilleur homme que l'on ait jamais vu dans toutes les villes du monde.

Certaines personnes se moquèrent de son évolution, mais il les laissa persifler et ne s'en soucia guère ; car il était maintenant suffisamment sage pour savoir que rien de bon n'arrive jamais dans ce monde sans d'abord faire ricaner les mauvaises langues.

Il en riait lui-même au plus profond de son cœur, et cela lui suffisait. Et jusqu'à sa mort, il partagea l'esprit de Noël mieux que personne.

Les Douze Jours de Noël

Chanson populaire

Le premier jour de Noël
mon bien-aimé m'a envoyé
une perdrix dans un poirier.

Le deuxième jour de Noël
mon bien-aimé m'a envoyé
deux tourterelles des bois
et une perdrix dans un poirier.

BONNE VOLONTÉ ET GÉNÉROSITÉ

Le troisième jour de Noël
mon bien-aimé m'a envoyé
trois poulets français,
deux tourterelles des bois
et une perdrix dans un poirier.

Le quatrième jour de Noël
mon bien-aimé m'a envoyé
quatre oiseaux chanteurs,
trois poulets français,
deux tourterelles des bois
et une perdrix dans un poirier.

Le cinquième jour de Noël
mon bien-aimé m'a envoyé
cinq anneaux dorés,
quatre oiseaux chanteurs,
trois poulets français,
deux tourterelles des bois
et une perdrix dans un poirier.

Le sixième jour de Noël
mon bien-aimé m'a envoyé
six oies assises par terre,
cinq anneaux dorés,
quatre oiseaux chanteurs,
trois poulets français,
deux tourterelles des bois
et une perdrix dans un poirier.

Le septième jour de Noël
mon bien-aimé m'a envoyé
sept cygnes en train de nager,
six oies assises par terre,
cinq anneaux dorés,
quatre oiseaux chanteurs,
trois poulets français,
deux tourterelles des bois
et une perdrix dans un poirier.

Bonne volonté et générosité

Le huitième jour de Noël
mon bien-aimé m'a envoyé
huit servantes en train de traire,
sept cygnes en train de nager,
six oies assises par terre,
cinq anneaux dorés,
quatre oiseaux chanteurs,
trois poulets français,
deux tourterelles des bois
et une perdrix dans un poirier.

Le neuvième jour de Noël
mon bien-aimé m'a envoyé
neuf dames en train de danser,
huit servantes en train de traire,
sept cygnes en train de nager,
six oies assises par terre,
cinq anneaux dorés,
quatre oiseaux chanteurs,
trois poulets français,
deux tourterelles des bois
et une perdrix dans un poirier.

Le dixième jour de Noël
mon bien-aimé m'a envoyé
dix seigneurs en train de sauter,
neuf dames en train de danser,
huit servantes en train de traire,
sept cygnes en train de nager,
six oies assises par terre,
cinq anneaux dorés,
quatre oiseaux chanteurs,
trois poulets français,
deux tourterelles des bois
et une perdrix dans un poirier.

Le onzième jour de Noël
mon bien-aimé m'a envoyé
onze joueurs de cornemuse,
dix seigneurs en train de sauter,
neuf dames en train de danser,
huit servantes en train de traire,
sept cygnes en train de nager,
six oies assises par terre,
cinq anneaux dorés,
quatre oiseaux chanteurs,
trois poulets français,
deux tourterelles des bois
et une perdrix dans un poirier.

Le douzième jour de Noël
mon bien-aimé m'a envoyé
douze joueurs de tambour,
onze joueurs de cornemuse,
dix seigneurs en train de sauter,
neuf dames en train de danser,
huit servantes en train de traire,
sept cygnes en train de nager,
six oies assises par terre,
cinq anneaux dorés,
quatre oiseaux chanteurs,
trois poulets français,
deux tourterelles des bois
et une perdrix dans un poirier.

FIN